JN072283
14
俺の妹が
こんなに可愛いわけがない
あやせif
下
Tsukasa Fushimi
伏見つかさ
Illustration◆かんざきひろ
ore no imouto ga
konnani kawaii
wake ga nai 14

contents

デザイン●伸童舎

Story & Characters

俺の妹がこんなに
あらすじ&

『俺の妹』のこれまでの話

ごく普通の高校生である高坂京介には、桐乃
いう不仲の妹がいる。
ある日、京介は妹の『とんでもない秘密』を知
てしまう。
完璧な妹だったはずの桐乃は、妹とエロゲー
愛するオタクだったのだ。
生意気で可愛くない妹から『人生相談』を受
た京介は、様々な騒動に巻き込まれていく。

黒猫
kuroneko

オフ会で知り合った桐乃のオタク友達。中二病的な痛々しい言動をするが、家庭的な一面もある。ゲームが得意。

沙織・バ
saori・v

典型的なオタクファッションに身
背の高い少女。SNSコミュニテ
くっ娘あつまれー』の管理人。
桐乃は、沙織が開いたオフ会へ
をきっかけに、オタクな交流関
ていく。

俺の妹がこんなに可愛いわけがない
14
あやせif 下
伏見つかさ
Tsukasa Fushimi
Illustration・かんざきひろ

上巻のあらすじ

ごく普通の高校生である高坂京介には、桐乃という妹がいる。

実はオタクな超美少女、桐乃の『秘密』を守るため、京介は奮闘してきた。

そんな日々の中、京介は桐乃の親友・新垣あやせと出会う。

しかし、潔癖でオタク嫌いなあやせが、桐乃の秘密を知ってしまう。

妹から『人生相談』を受けた京介は、あやせと桐乃の大喧嘩を収めるため、自らを犠牲にする嘘を吐く。


あやせに嫌われてしまった京介。ところがある日、あやせから桐乃に関する相談を受ける。

『桐乃の秘密』について、あやせが相談できる相手は、大嫌いな京介しかいないのだ。

幾度もあやせの相談に乗っているうち、二人の仲は深まっていき、京介が吐いた『あやせと桐乃のための嘘』が、バレてしまう。

あやせは京介に謝罪し、二人の新たな関係が始まった。

『桐乃の趣味を理解したい』と言うあやせのため、京介は、彼女を夏コミへと連れていく。

桐乃とのニアミスや、級友・加奈子との遭遇といったトラブルを経て、二人の距離が近づいていく。

夏コミ会場で出会った、桐乃のオタク友達であり京介の後輩でもある黒猫（五更瑠璃）は、あやせと楽しそうに笑い合う京介を見て、激しく動揺する。

京介をひそかに慕う彼女は、受験生である京介を慮って、積極的なアプローチができずにいたのだ。優しき心を暗黒に染め上げた彼女は、自らを復讐の天使〝闇猫〟と呼称する。

夏コミの帰り道、ついにあやせは、京介に、愛の告白をする。

京介は告白を受け容れ、二人は恋人同士になった。

■ore no imouto ga
konnani kawaii
wake ga nai⑭
ayase if
第一章

俺は高坂京介、ごく普通の高校生で、この物語の語り部だ。

ここまで『俺とあやせの馴れ初め』について話してきたわけだが。

この先に進むにあたって、おさらいをさせてもらおう。

俺には、桐乃という三つ年下の妹がいる。

スポーツ万能、学業優秀。むちゃくちゃ可愛くて、めちゃくちゃ生意気で。

雑誌のモデルまでやっている、完璧美少女。

なのに、オタク。

あいつはエロゲーが大好きで、特に妹を愛しているという、とんでもない秘密を隠していた。

それを知ってしまった俺が、大嫌いな妹から、人生相談を受ける——。

俺と妹の、長い物語の始まり。


…………………。


あやせと付き合ったってのに『また妹の話かよ』って、呆れる声が聞こえるな。

いや、違うんだ。これは、俺がシスコンだとか、そういうアレじゃあなくて……。

高坂京介や新垣あやせについて語ろうと思ったら、どうしたって俺の妹——桐乃のことは、避けては通れぬ特記事項なんだ。

だって桐乃は、高坂京介にとって、仲の悪い、大切な妹で。

秘密を隠す共犯者で。愛する彼女の親友で。

もっとも身近な異性でもある。

そして桐乃は、新垣あやせにとって、もっとも仲の良い大切な親友で。

高坂京介と出会ったきっかけで。関係を深めていったきっかけで。

『彼氏の妹』で。

もしかしたら、将来的に、義理の妹になるかもしれない相手でもある――

……なんてな。最後のは、俺の願望が入ってしまったが。

とまぁ、そういうわけだ。

俺とあやせにとって『桐乃』がどれだけ特別なのか、分かってくれたかい？

ならいいさ。

妹の話も終わったことだし、さっそく本題に入ろうか。

物語は、八月――あやせが初めて夏コミに参加した日。

俺があやせに告白されて、ＯＫして、恋人同士になった――記念すべき日。

その翌朝から始まる。


「うわあああああああ！　結局一睡もできなかった！」

大声と共に、勢いよく顔を洗う。

乱暴にタオルで水を拭い、鏡を見る。

火照った顔面が、ジュウジュウと水分を蒸発させていく。

昨日の夕方、あやせと別れてから、一時も興奮が収まらない。茹で上がった脳は、まともに働かず、受験勉強も手に付かない。

なのに眠気が一切ない。

めっちゃ不思議な気分だった。幸せ――とも少し違う。

それもあるが、それだけじゃあ、ない。

ほんわか〜として天にも昇る幸福感だけじゃなくて……落ち着かない、忙しない気分が渦巻いている、というか。

夜中に家を抜け出して、千葉駅まで全力疾走して、愛を叫びたくてたまらない。

『あやせええええええええええええええ！　愛してるぞおぉぉぉぉぉ――――！

はぁっ……はぁっ……あっ、あやせえええええええええええええええ！』

そんな感じでだ。

この衝動を、朝まで抑え切れたのは、奇跡と言っていい。

なんだろうな、これ。

『酔っ払う』ってこういうものなのかもしれん。

テンションが上がりすぎている。

だってあやせが、『俺の彼女』なんだぜ！

あやせが、『俺のことを好き』ってことなんだぜ！

しょうがないだろ、こんなの。

はぁ～～～～～～～～～～、もう！　もう！

だーめだこりゃ。どーしようもねえよ！　どうすりゃいいんだよ！

なにがなんだか分からねえが、身体を動かさずにはいられない。

意味もなく洗面所でジャンプしてみたりする。

どすんどすんと騒音を撒き散らしていると――

「なに!?　うっさいんですケド！」

「はい！　すんません！」

いずこからか聞こえてきた妹のキレ声に、謝罪する俺。

高校生男子、人生初彼女ができた翌朝の図。

同じ状況を経験した他の男子は、どうなんだろう？　俺みたいになったんだろうか？

赤城あたりに聞いてみたい。

てか、あいつ彼女いたっけな。

サッカー部でガタイもいいし、モテそうだが……シスコンだし、どうだろうな。

まあいいや。

とにかく俺は、親しい男友達に、彼女ができた自慢をしながら、上から目線で恋愛相談したいのだ！

――なあ赤城。実は、俺、彼女できたんだけどさァ～～～～！

――超可愛くて、年下でさァ～～～～！

よし、この切り出し方で問題ないな！

俺は勢いのまま、朝食も待たずに自室へと駆け戻り、携帯電話をわし摑む。

そこで気付いた。

「あ！　あやせからメールが来てる！」

後から思い返してみると、こんなんでよく交際がバレずにいたもんだぜ。

ともあれ、こんときの俺は、愛しい彼女から届いた一通のメールによって、友情を破壊しかねない迷惑電凸を敢行せずにすんだわけだ。

あやせからのメールは『夏休みも残り少ないですし……』という表題に、短い本文が続いていた。――簡潔に一言。

――さっそくデートしましょう！

「喜んで！」

そういうことになった。

あやせの張り切った顔が見えるかのような文章に、こちらの心も浮き立つ。

てわけで即、行動！

電子機器に慣れていない俺は、覚束ない手つきで返事を綴る。

『いいぞ！　どこに行きたい？　なにがしたい？』

するとすぐに返事が戻ってきた。

きっと、あやせは俺にメールを送ったあと、ずっと返事を待っていたのだろう。

ベッドの上にちょこんと座って、じっ……と、携帯を見つめるあやせ。

そんな光景を妄想してしまい、温かな嬉しさが胸中に広がった。

俺は、あやせからの返事を読んでいく。

『お兄さん、お返事ありがとうございます。今日、時間ありますか？　なるべく早く会いたいんです』

「最高だな俺の彼女！」

ああああああ！

「俺も会いたいよぉぉぉおおぉぉ～～～～～～～～～～～～～！」

いや、すまん。

今日の俺って、桐乃じゃなくてもキモいって思うよな。

違うんだ。普段はここまでじゃないんだ……仕方ねえんだよ！

人生初彼女ができて、舞い上がっているんだから！

震える指で『俺も会いたい』と、送った。

「……っ」

その瞬間、とんでもなく照れくさくなってきて、俺は頭を抱えて身体を震わせた。

続いて不安になった。

いまの文面で、大丈夫だったろうか？

キモいとか、カッコつけすぎだとか、思われなかっただろうか？

あやせのことが好きすぎて。頭の中が、あやせで埋め尽くされていて。

こんな細かいことでも、みっともなく悩んでしまう。

返事を待つ間、胸が張り裂けそうになってしまう。

『わたしも会いたいです』

そう色よい返事がきただけで、はぁ～～～～～～～～～、と、九死に一生を得たように安心してしまう。メールだけでぐったりだ。

『お兄さん、付き合うって……すごいですね』

本当にな。

昨日までの自分が、他人みたいだ。

知らなかったぜ。俺って、彼女ができると……こんなふうになっちゃうんだな。

『今日なら、いつでもＯＫだ。あやせと会えるなら、埼玉県にだって行ってやるぜ』

『なんですか、その変なたとえ』

『どんな辺境でも駆けつけるって意味だ』

『もう……はいはい。なら、十時に中央駅で待ち合わせ……で、どうでしょう？　映画館もありますし』

『映画かあ……すまん、いまなにやってるか、まったく分からない』

『実はわたし、ずっと観たいなって思っていた作品がありまして……』

俺は、ベッドの脇にしゃがみ込み、あやせへの言葉を綴り、あやせからの返事を読み……

そうやって……俺たちは、しばらくメールを送り合った。

まるで、隣にいる相手と会話をするように。

『じゃあ、それを観よう』

『はい！　楽しみにしています♡』

くすぐったくて、照れくさくて、ドキドキする――幸福な時間だった。

まぁ……しっかし、頭を冷やしてからメールを読み返してみると……

計画性のない彼氏を、あやせが一生懸命フォローしてくれているのが分かった。

ったく……やれやれ、俺ってヤツは……。

嬉しくもあり、情けなくもあり。

釣り合う彼氏にならねーとな、と、独りごちた。

その後——朝食を摂って、風呂に入って、服を選んで……あっという間に待ち合わせの時間になってしまった。

午前九時三十分——待ち合わせ時刻の三十分前。

俺は、千葉中央駅に到着した。

駅前には、俺と同じ目的だろう同年代が、チラホラと見える。

——デートの待ち合わせ。

千葉住みの高校生カップルが、交通費ゼロで遊ぼうと思ったら、まあ、このあたりになるのだろう。

千葉駅ではなく、千葉中央駅。

俺の勝手な印象だが、千葉駅付近は、学生カップルたちがゆるめのデートで行く場所って感じ。平日とか、制服姿のカップルとめちゃくちゃ遭遇する。

マジうらやましいので、彼女ができたら、ペリエ千葉でゆるーく制服デートをするのが、俺のひそかな夢だったりする。

九月になったら、叶いそうだ。

今日は記念すべき初デートなので、千葉駅ではなく、千葉中央駅で待ち合わせをして、映画を観る。

これもまた、夢に描いていたシチュエーション。

ひとつ夢と違うのは——夢を遥かに凌駕しているのは——

デートの相手が、俺の彼女が……あやせだってことだ。

さっき言ったとおり、駅前には同年代の女性が何人かいたのだが。

一目で分かった。

輝いていたから。

待ち合わせ時間まで、まだ三十分もあるってのに——

「あやせ！　おはよう！」

声を掛けながら駆け寄ると、綺麗な姿勢で立っていた彼女が、振り向いた。

「おはようございます、お兄さん。——早かったですね」

「それはこっちの台詞だ。来るの早すぎだろ」

「お兄さんのことだから、きっと、早めにいらっしゃるだろうなって。少しでも早く会いたくて、それで……えへへ」

こつん、と、拳で自分の頭を小突く。

「あ、あぁ……そう、だったんだ」

くっ……あざとい。

なんというあざとさなんだ……あやせ！

俺は会って早々、正気を失いそうだぞ。

ええと……なんだっけ。混乱してきた……。

落ち着いて思い出すんだ京介、昨夜さんざんシミュレーションしただろう！

初デートで、彼女と会ったら、まず、まず——こう言え！

「いいな、その、服」

俺の視線は、あやせの可憐すぎる顔に吸い寄せられ……続いて、全体——ではなく。

長く美しい脚から、目が離せなくなる。

クロップドパンツから覗く白い足首が、目に毒だった。

ラフな服装なのに、素材がいいからか、着こなしのせいか、洗練されて見える。

身内びいきなんかじゃ決してない。

どんなに褒めたって百分の一も伝えられないだろうが、

「似合ってる」

悩んだ末に出てきたのは、無難でつまらない言葉。自分で自分にがっかりだぜ。

なのにあやせは、「ありがとうございます」と、笑ってくれる。

大好きな彼氏から褒められて、心から嬉しいんです——とばかりに。

「今日は、三度目のデートですから……ちょっとだけ冒険してみたんです。そう言っていただけて、安心しました」
「……ああ」
にこやかに答えつつ、内心すっげー焦る。
——さ、三度目!?
あれ？　俺たち初デートのはずでは？
さすがにそう言うわけにもいかず、俺は脳をフル回転させて思考する。
三度目ってどういうコト？　誰か別のやつとデートしたのと勘違いしてる？
え、ちょっとあやせ、いきなり浮気疑惑っすか？　って、そういう子じゃないよな。
違う違う。じゃあなんだ……？　ううむ…………。
いやっ……これ、もしかして——
あやせのやつ、いままで俺と一緒に出かけたのを、デートだと認識してるのか？
確かに俺、冗談でデートだとか言ったかもしれんけども……。
だとしたら、あやせの中で、どれがデートで、どれがデートじゃなかったのだろう？
俺にとっては重要なテーマだったので、つい、思考に没頭してしまう。
「どうしました、お兄さん？」
彼女の呼びかけが、聞こえなくなってしまうくらいに。
「おーい、おにーさーん？」

　つん、と、頬をつつかれて、気付いた。

「え？　あ――なに？　どした、あやせ」

「こっちの台詞です。ぼーっとしちゃって、どうしたんです？」

「ごめん、あやせが、急に『三度目のデート』とか言うからさ、色々考えちゃって」

　不意に問われたのと、仕草が可愛かったのとで、つい正直に答えてしまう。

　もちろんあやせからは、この問いがくる。

「色々って？」

「『三度目のデートでは、キスをする』って言うよな、とか」

「なっ！」

　かぁ、と、頬を赤らめるあやせ。

「い――いきなり何を言うんですかっ！」

「今日って、俺たちが付き合い始めてから、最初のデートだろ」

「そ、そうですね。それがっ？」

「少しでも参考になればって、予習したんだよ。家にあった雑誌で」

「さては！　その雑誌に、キスのことが書いてあったんですね！　もう！　どうせえっちな本でしょう！」

「あやせが表紙だったんだが」

「…………………………」

あやせは黙り込んでしまった。

むむむ……と、耳先まで真っ赤になって恥じらっている様子は、とてもえろい。

そんなあやせが表紙を飾っている雑誌は、えっちな本といえなくもないだろう。

この場でそう言ったら殺されそうなので、言わんが。

あやせは、ちら、と上目遣いで俺を見上げる。

「…………それで？」

「それで、とは？」

「……だから……その…………」

形のいい唇を、ツンと、尖らせるあやせ。

「その記事を読んで……お兄さんは……どう思ったんです？」

「どうって……なるほどって、思ったぞ」

「……そういうことを聞いてるんじゃ、ないんですけど……」

分かってるよ！　正直に答えるとだな！

『まじかぁ……そんなに早くキスしていいのかよ！』

『あやせが表紙なんだから、コレもうあやせが言ったようなもんだろ！』

『うぉおおおおッし！　三度目のデートでは、超気合い入れるかあ！』

って思ったよ！

そんで、今日いきなり『三度目のデートだぞ』って言われて、
まさにいま！　テンパってるんだよ！

今日！　キスの日じゃん！

「…………………………」

「…………………………」

俺とあやせは、どちらからともなく視線をそらし、しばし沈黙の時間を過ごした。

やがて同時に振り向いて、

「そっ、そろそろ行くか！」

「そうですね！　映画、始まっちゃいますし！」

わざとらしい笑顔で言って、俺たちは歩き出す。

俺たちにとっての初デート。

或いは、三度目のデートの始まりだった。

俺たちが向かったのは、待ち合わせ場所の近くにある映画館だ。

二人で歩き、二人で並んでチケットを買い、二人でドリンクを選ぶ。

なんやかんやと、雑談を交えながらだ。

そうして、二人で並んで観賞する。

どれもこれも、当たり前の行動ばかり。

なのに新鮮で、楽しかった。

すっげー、幸せだった。

気持ちがふわふわして、天国で遊んでいるみたいだ。

「映画、すっごく面白かったですね！」

「悪い。恋愛映画はよく分からん」

「あぁ……男の人には向いていない内容だったかも？」

「一人で観ていたら、きっと寝てたな」

「もぉ〜」

あやせが選んでくれた作品は、恋愛要素が強すぎて、俺にとっては退屈な内容。

だけど、これを観てよかった。

満足した心持ちで、映画館を後にする。

「でも、不思議と楽しめたよ」

デートムービーを、どうしてみんな観に行くのか——よおく分かったぜ。

好きな人と一緒に、恋愛映画を観る——。

それだけで、計り知れない価値がある。

感情移入の度合いがまったく違うし、終わったあとで、こうして映画の話ができるからだ。

お互いの恋愛観について、知り合うことができるからだ。

いや、そんな大げさな話じゃなくても――

「そうですか。……なら、よかったです」

『今』、共通の話題になったり――

『いつか』、あんなことがあったな……って、二人で振り返ることがあるかもしれない。

得がたい想い出だ。

それに、

「次はアクション映画観に行こうぜ？」

「はい、いいですよ」

「いつがいい？　モデルの仕事があるんだろうし、合わせるよ」

こうして次の約束をする、きっかけにもなる。

「じゃあ……明日で？」

「早いな！　いや、嬉しいけど！　観たいタイトルでもあるのか？」

「もう、違いますよ。続けて映画を観るのは、さすがに気が進みませんけど……」

察しの悪い俺に、あやせはすねるように言った。

「……彼氏と、会いたいだけです」

「……俺も。……付き合い始めたのが、夏休みでよかったな」

毎日会える。

言外に含ませた意図が、ちゃんと伝わってくれたようで。

「……はい。そうですね」

あやせは、照れたような微笑みを返してくれた。


場所は変わって、駅前のカフェ。俺たちは向かい合って、軽食を摂っている。

メニューは安価なのに、おしゃれな雰囲気。あやせが友達とよく使う店なのだとか。

やばい……初デート、あやせに任せっきりだ。

うとい俺が選ぶより、ずっといいのだろうが、彼氏としては情けない。

内心焦っていると、あやせがこう切り出した。

「夏休みといえば……今日、会う前から考えていたことがあるんです」

「おう、なんだ？」

「いまさらですけど、『夏休みの予定』を決めませんか？」

「いつ会えるか、とか。どこに行くか、とか。何をするか、とか。相談しようってこと？」

「はい」

恋人っぽいやり取りだったせいか、あやせはちょっと頰を赤らめる。

「休みもだいぶ終わっちゃいましたし……お互いの予定を教え合って、なるべくたくさん会えるようにしたいなって」

「いい考えだと思うぜ」

やはり俺の彼女は最高だ。

俺の妹に負けないいくらい外見が可愛いし——それだけじゃなくて、しっかりしてる。

あやせは、上機嫌に、手を合わせる仕草をする。

「なら、さっそく『打ち合わせ』ですね」

「はは、『打ち合わせ』って、なんか社会人っぽい響きがするな」

「そ、そうですか？」

「ああ、さすがあやせだ」

中学生の女の子ではあるけれど、普段から大人に混じって仕事をしているだけのことはある。

本心から褒めたのに、あやせは頬をふくらませて不満顔。

「もう、からかわないでください」

「からかってねーって」

ああ、もう、本当に。

中身のない会話が、こんなにも心を躍らせるなんて。

「じゃあ、さっそくやるか」

「はい。──わたし、夏休みの間は仕事を減らすことにしたんです。ですから八月の予定は、お兄さんに合わせますよ」

何日か、ダメな日はありますけど──と。

あやせは、日付を伝えてくる。

「それ以外の日なら、いつでも大丈夫です」

「俺も今月は、受験勉強くらいかな。つっても、余裕はあるから、毎日でも会えるぞ」

「夏コミで、そう言ってましたね。じゃあ、空いている日は全部会いましょう」

あやせは、付き合うと、積極的にグイグイくるタイプらしいな。

今後とも振り回されそうだが、それが嬉しい。

「ただ、本当に大丈夫なんですか？　わたしと付き合ったせいで成績が落ちた──とか、イヤですよ？」

「そうだな、分かってる」

重く頷いた。そして、浮かれて舞い上がっていた自分を恥じ、反省した。

あやせは冗談めかして言ってくれているけど。

もしもこの後、俺の成績が下がったり、志望校に落ちたりしたら、彼女は責任を感じてしまうはずだ。それは俺もイヤだった。絶対に。自分で自分を許せなくなっちまうだろう。

だから、

「勉強はするさ。おまえのためにも」

相手の目を見つめて言った。

「…………なら、いいですけど」

あやせは何故か、目をそらしてしまう。

ちら、と横目で俺を見て、強めの口調で言う。

「えっと……明日から――二人で、何をしましょうかっ？」

俺は、ドキリとした内心を必死で隠し、

「そうだなあ……とりあえず、アクション映画に行くのは来月以降にして――」

と、考えるふりをする。

俺があやせとしたいこと。

そんなの、ひたすら部屋でイチャつきたいに決まっているだろ！

初デート中に殴られたくないから言わねえけども！

何度目かの本音を告白すると、あやせをからかって怒らせるのは、メチャクチャ楽しい。

楽しいんだが……ッ……それでも、今はダメだ……ガマンだ……

今日は、あやせ曰く三度目のデート――

なんとしてもキスまで行きたい！

逆に今回を逃したら、進展するのはだいぶ先になってしまうという、確信めいた予感がある！

なので怒らせるような発言、行為は厳禁だ。

少なくとも、今日だけはダメッ！　控える……！

などと思っていると、あやせがじれたように話を進めていく。

「お兄さん、お互いに、行きたい場所とか、やりたいこととか、言い合いましょう。それで、相談ができれば……」

「ああ、そうだなあ……」

俺は、己の衝動と闘いながら、生返事を繰り返す。

分かっているな、京介。

セクハラ厳禁だぞ？

「俺、あやせの水着姿が見たいな」

すまない俺、つい本音が漏れた。

「もう！　言うと思いました！　お兄さんのえっち！」

案の定あやせは、真っ赤になって怒り出す――

……が、あれ？　言うほど怒っていない？

いつもなら、蹴りの二つ三つは飛んでくるシチュエーションなのに。

あやせは「まったく……そういうところですよ……？」などと恥じらうばかり。

どうした……？　なぜ……蹴ってくれない……？

「いやっ、ごめん……セクハラするつもりじゃなかったんだ。俺は、その、ただ……夏だし、彼女と泳ぎに行きてえなって……」

「本当ですか？　すごく下心丸出しの要求だったような……」

「悪い先入観を持ちすぎだ。俺は、彼女と一緒にアウトドア・アクティビティを楽しみたいだけ。ただ、それだけなんだよ」

「……疑わしいです」

「はは、ほんとだって」

「ま、まぁ……わたしも……恋人と海とか……プールとか……憧れてましたし……行きたいですけど」

「お？　やった、マジで？」

あれえ……？

なんか、爽やかなカップル会話みたいになってる！

いつもと――いままでと違う⁉

なんだコレ……なんだコレ……さみしいんだが‼

「でも、お兄さん。行くなら、今日決めないと――そろそろ海もプールも終わっちゃいますし」

「だな」

平静を装いつつ、俺の内心では謎の焦燥が広がりつつあった。

彼氏彼女の関係になったら、あやせにセクハラをしても、あんまり怒られなくなった。

蹴られたり、殴られたり、大声でブチギレられたり、しなくなった。

ただそれだけのことなのに……

むしろ喜ばしいことなのに……

つーか、まだその可能性が出ただけなのに……

どうして俺は、こんなにも焦っているのだろう？　自分で自分が分からねえ……。

「じゃあ、急ですけど、今日場所を決めて、明後日に行く、ということでどうでしょう？」

「ああ、もちろんいいぞ！　でも、なんで明後日？」

「その……よかったら明日は——二人で水着を買いに行きましょう」

「ええ⁉」

そんな……そんな重大なイベントを……あやせから⁉

「な、なんですか？　そんな大声を出して……」

「いや、だって、その………いいのか？」

「い、いいもなにも……彼氏に水着を選んでもらうって、普通、ですよね？」

「すごく嬉しいが……俺からそれを提案したら、殴られると思ってた」

えっち！　変態！　通報しますよ！

——って。

「そんなことで殴りませんっ。——というか、お兄さんがそんなこと言うから……恥ずかしくなってきちゃったじゃないですか……」

唇を尖らせて恥じらうあやせは、とてつもなくえろ可愛かったのだが。

拍子抜け！

「あ、悪い」

その感触は否めない。

消沈と歓喜の混じり合った複雑な気分に、俺は胸を押さえる。

するとあやせは、どさどさとテーブルの上に、雑誌を積み上げた。

——どっから出してきたんだ、コレ。

「あやせ、これは？」

「夏デートの特集記事です。打ち合わせの参考資料になるかもと思いまして」

依然として、仕事っぽい言い方をするあやせ。

どれも六月〜七月に発売された雑誌で、夏らしい単語が並んでいる。

「海なら、ここ。プールなら、ここ」

彼女は付箋を使ってページをめくり、赤ペンでマーキングされたデートスポットを指さしていく。

「どちらもまだやっていますし、実際に行った友達に聴き取りをしてきました。こっちの――海がいいかもです。他と比べて空いていて、帰りに行けるデートスポットもあって」

「……お、おう……じゃあそこにしようか」

あやせのやつ……完全に、準備万端じゃないか。

『打ち合わせ』の予習はバッチリだぜ！　とばかりの有様だ。

八月中旬から下旬にかけて。

付き合い始めの数週間。

この大切で貴重な期間を、残り少ない夏を、あやせは本気で、全力で、楽しもうとしているようだった。してくれている、ようだった。

「花火大会もいいよなあ」

「これ、夏前の号ですから……いまだと、花火大会は、ほとんど終わっちゃってますね」

「これとかは……あぁ、ダメか。あやせの撮影と被ってる」

「来年は、行きたいですね。二人で……花火……見たいです」

「ああ、約束だ」

あやせから、確かな、強い、愛情を感じる。

――ああ、バカだな、俺。

——なにがセクハラに怒ってくれなくてさみしいだよ。

胸に、温かなものが満ちていくのが分かった。

「明日は水着を買いに行って、明後日、海か。——わくわくするな、あやせ」

「はい！」

「海の次は——」

「海の次は？　なにか、アイディアが？」

「——温泉旅行に行こうか」

ビンタされた。首から上が吹っ飛ぶような一撃だ。

「わ、わわわ、**わたし中学生なんですけどッ！**　二人きりで泊まりの旅行なんて——」

却下です、却下！　と、怒りと恥じらいが等分にブレンドされたあやせらしい顔で、叫ぶ。

俺は、モミジ型に腫れた頬を押さえながら、

「そうだったな。つい、忘れてたぜ」

「気持ち悪い！　なんでニヤニヤしてるんですか！」

「フフフ……なぜだと思う？」

「お兄さん～～～～～～～～！　さっきからわたしを怒らせようとしているでしょう！」

これだ！　これだよ……！

今日一ドキドキするぜ。

「せっかく恋人同士になったのに……だから、なるべく怒らないで仲良くできたら……って我慢してたのに……」

あやせは、テーブルに手を突き、身を乗り出して、顔を近づけてくる。

そうして囁く。

「そういうことをするなら…………わたし……わたし……」

そこで唐突に言葉が終わる。

俺をゾクゾクさせておいて、最後まで言わず、止めてしまう。

「そ、そういうことをするなら、なんなの？」

「遠慮なく、おねだりしちゃいますよ？」

ありゃ？　思いのほか、可愛い台詞が飛び出てきたぞ……。

俺はやや拍子抜けしつつも、笑って両手を広げる。

「なんでも言ってくれ——怒らせちゃったお詫びに、言うこと聞くぜ」

「いいんですか？」

「もちろん」

彼女におねだりされるなんて。こんなに嬉しいことはない。お詫びでもなんでもねえわ。

なにを要求されたって、俺が断るわけがないぜ。

あやせは怒っていたはずなのに、とても控えめに切り出した。

「じゃあ……遠慮なく、お願いなんですけど……」

恥じらうような口調で、

「お兄さんの部屋に、監視カメラを設置させてください」

「バカじゃねえのおまえ？」

さすがあやせだわ。俺の想定を易々と飛び越えてきやがるぜ。

「ば、バカって！　『なんでも言ってくれ』って言ったじゃないですか！」

「限度があるだろ！　なんで俺の部屋に監視カメラを設置する必要があんの!?」

「恋人同士になったからです！」

「意味が分からない！　説明して！」

「え……普通ですよね？」

なぁにその、『俺の方がおかしい』みたいな態度ぉ～。

ぜってー普通じゃねえって。

普通の彼女は、彼氏の部屋に監視カメラ取り付けねえって。

「オーケイ分かった。分かってねえが分かった。話が進まねえし、ひとまず……普通かどうかは脇に置いておこう……」

不満そうにしているあやせに、俺は言葉を選んで問う。

「もう一度聞くけど、なんで俺の部屋に監視カメラを設置する必要があんの？」

「お兄さんが部屋で何をしているのか一秒たりとも見逃さずすべてを把握したいんです！」

「怖い！」

　堂々と許可を求めてくるところがさらに怖い！

「それと万が一にも浮気をしないようにです！」

「誰と浮気するっつうんだよ！　自慢じゃないが俺はモテないぞ！」

「それは……その…………………桐乃とか」

「その誤解は解けたんじゃなかったのか！」

「とっ、解けましたけど…………でもホラ、桐乃って、すっごく可愛いじゃないですか？」

「まあ、顔はね？」

　性格はクソだぞ。

「そんな娘と毎日、朝から夜までずっと一緒にいたら……え、えっちなお兄さんは、我慢できなくなっちゃうに決まってます！」

「ははっ、それ以上言うと、さすがに俺も怒るからな」

　やめて！　妹にそういうの、マジでやめて！　きっついんだって……！

「ちなみにわたしだったら、一日でも理性が持ちません！」

「気持ち悪い台詞でごまかそうとしても無駄だぞ」

「ごまかす？　わたしは最初から、本心しか言ってませんけど？」

「…………………………」

俺の彼女やべぇわ。知ってたけど、ここに来てさらにアクセルを踏んできたわ。

こちらが絶句していると、あやせは何やら沈思して、分かった風な顔で言う。

「……お兄さんがどうしても気になるなら、照明型とかでもいいんですけど」

「監視カメラの形状の話はしてねーんだよな～。それで俺が『ほっ……照明型なら安心だぜ！』ってなると思うのか」

つーかそんなのあるんだ怖えな。

そしてそういうのに詳しい俺の彼女も怖えな。

「照明型だと、部屋全体をよく見下ろせるんですけど」

「知らねえよ！」

その怪しい電気屋みたいな知識どこで仕入れてんだ……。

「お兄さんが望むなら……わたしの部屋にも……監視カメラを設置してもいいですよ？」

「えっ、なにそれ……超ドキドキする……でも結構です」

なあ、あやせ……俺たちさあ。

店内で一番、ド変態な会話をしてね？

俺は、がっくりと肩を落とし、大きな溜息を吐く。

「しッかし、付き合い始めてから初の痴話喧嘩がコレとはな……」

「なっ……元はといえば、お兄さんが悪いんでしょう？」

「そうだな、悪かったよ。ただ――俺たちらしいなって思ってさ」

「もぉ……」

小さな唇を尖らせて、可愛くすねるあやせ。

その様子からは、さっき垣間見えた異常さの片鱗さえも見えない。

「怒らせたお詫びはぜひさせてくれ。監視カメラ以外で」

「じゃあ……いまは思いつかないので……考えておきます」

「ああ。……そろそろ出るか？」

「お店を出る前に、もうひとつ相談をしませんか？」

「あ――そうだな、そうしよう」

相談内容は決まっている。

「今日、まだ時間ありますよね――これからどこに行きましょう？」

痴話喧嘩を終えた俺たちは……

ようやく『普通のカップル』らしい話題に興じ始めた。

駅から少し歩き、路地裏へと入っていく。

『桐乃が話していた例の場所』は、このあたりのはずだが……。

「…………………」

さぁてさて、それはさておき相談だ。

実は俺、カフェを出てからずっと、『彼女と手を繋ごう』と機会をうかがっているんだけどさ。――どうすりゃいいと思う？

勝手に繋げばいいじゃねえかって？

あぁそうだな。俺とあやせは、晴れて恋人同士になったわけだし、三度目のデートらしいし、手を繋いで歩いたってまったく問題ない。ないはずだ。

でもさ！『初めて手を繋ぐ』って、どうすりゃいいのよ？

彼女の手を取るというそれだけのことが、俺にとっては、難しい。

なにせ初彼女なもんだから。

色々想像しちまうんだよ。

万が一、振り払われたりしたら？　やめてください、って、拒絶されたら？

それはとても――――…………

――興奮するな。

「じゃなくて！」

「？　お兄さん？」

「えっ？　あ――スマン、なんでもない」

不思議そうに見上げてくるあやせに、慌ててごまかしの言葉を投げる。

すると彼女は、いい機会だとばかりに、当然の疑問を投げてきた。

「そろそろ教えてくれますか？　わたしたち、どこに向かっているんです？　段々と……その……暗い雰囲気の場所になってきましたけど」

「あぁ、実はこの前、桐乃に自慢されてさ」

俺は、歩む足を止め、答える。

「『彼女がいたら俺も行ってみてーな』って、思ってた店なんだけど……」


――マジマジ、ちょーよかったんだって。あんたも行って――あ、彼女いないから無理か。

ふひひ、あそこは男だけで行ってもねー。

――ったく、しょーがないから、あたしが一緒に行ってあげてもいいケド？


ぐぬぬ……あの兄を馬鹿にするときの楽しそうな顔！

思い出したら、腹立ってきたぞ。

あやせは、俺の回答に目を大きくして、

「桐乃に？　あ、もしかして――占いのお店ですか？」

「そうそう。なんだ、やっぱりあやせも自慢されたのか」

「はい、実はそれでちょっと喧嘩しちゃったんですよ。桐乃ってば、わたしじゃない子たちと行ったみたいで」

「……そ、そか」

別に、あやせじゃない友達と遊んだっていいじゃん！

相変わらずこの女、桐乃への独占欲がハンパねーな……。

当時を思い出しているのか、あやせは目つきを鋭くする。

「その時は、わたし怒ってたので、桐乃の台詞なのに半分くらいしか覚えていないんですけど……すっごく面白かったって」

怒ってないときは、桐乃の台詞を全部覚えてるの？

……覚えてるんだろうなあ。

内心やや引きつつも、俺は興味を引かれ、問う。

「俺、桐乃からは、内装が本格的だったとか、雰囲気あったとか、女の子に人気あるとか――そういうのしか聞いてなくてさ」

もしかしたらちゃんと説明してくれていたのかもしれんが、うちの妹が興奮してオススメしてくるときって、基本なに言ってるか分からんからね。

俺には、まったく伝わってない。

「結局どうよかったのか、実は、いまいち分かってねーんだ」

「桐乃って、説明するの下手ですよね」

「だよな！」

俺とあやせの会話で一番盛り上がるのは、いつだって桐乃のことだ。

まあ、さすがに俺の方が、桐乃のことをよく知っているとは思うけど。

学校での桐乃、女子グループでの桐乃、仕事中の桐乃については、あやせの方が詳しいだろう。まあ、総合的には、俺の方が詳しいに決まっているが。なにせ実の妹だからな。

「すごく当たるらしいですよ」

「へえ、あやせは占いって信じるか？」

「いいえ、占いって、あくまで会話術を使ったエンターテインメントだと思います」

バッサリである。現実的だな……あやせらしいというか。

「トリックだ、なんて言うつもりはないんです。みんな、そういうのを分かっていて、楽しむために占ってもらっているんですから」

「最近の女子って、そういうもんか」

「そういうものです。ふふ、お兄さんって、時々お爺さんみたいな言い方しますよね」

「……自覚はあるよ」

地味に傷つくぜ。

そんな俺の内心を知ってか知らずか、あやせは楽しそうに話を続ける。

「あ、でも、そういえば桐乃は、『あれ、本物かもっ!』なんて言ってました」

「あいつ、なにを占ったんだ?」

まずそこからして、伝わってこなかったからな。

「『未来の自分』がどうなってるか、聞いたそうです」

「ふうん、らしくねー気もするが」

未来はあたしが自分で決める!　とか、桐乃なら言いそうなもんだけど。

「そんなことないですよ?　桐乃らしいです」

「というと?」

「周りの子に合わせたんでしょう。桐乃もわたしと同じで、占いは信じていなかったはずですから、占い師へのリクエストは、なんだってよかったはずです。お店を出た後、みんなで盛り上がれる内容でさえあれば」

「学校での桐乃、か……なるほどな」

周りに合わせて無難な占いをしてもらう——ワガママ放題な桐乃とは、別の顔だ。

「『未来の自分』なんて、占いが当たったかどうか、未来になんなきゃ分かんねーじゃん」

桐乃のやつ、客が喜ぶような未来でも占ってもらって、それで舞い上がってるとか?

「あはは、桐乃、絵を描いてもらったそうですよ」

「未来……占い結果の?」

「はい、珍しいですよね、似顔絵屋さんと占い師さんをミックスしたみたいで。ちなみにその占い師さんは、ミステリアスな若い女性なんだとか」

「はいはいはいはい……あー、そりゃ、女の子ウケしそう」

モノがあれば、友達同士で話のネタになったり、画像をネットに上げたりできるってわけだ。的中するかどうかは、わりとどうでもいいのかも。

いや、でも、桐乃は『本物だ』っつってたんだよな……？

考え込む俺に、あやせが写真を見せてくれた。

「これがその、絵の写真です」

「……上手いな」

映っていたのは、少年と少女の絵だ。

絵なのに、はっきりと『桐乃に似ている』ことが分かる。

「これが桐乃の未来？　子供とか？」

「そう言われたそうです。えっと……数多ある運命の一つ……だったかな」

確定した未来だと言い切らないあたり、逃げ道を残した曖昧な口上だ。

「桐乃の子供ねえ……」

そんな遙か遠い未来など、想像もできんが。

桐乃の子供と俺が会う――いつか、そんな未来があるのだろうか。

「このふたり、兄妹か。……兄貴の方は、そのまんま桐乃の男版って感じだな」

つまり、超美少年ってこった。

俺より年下だろうに、金髪に染めていて、ピアスまでしている。

悪そうで、なのに頭はキレそうで、いかにも女にモテそうな風貌。

ぶっちゃけ、俺の嫌いなタイプだが…………なの、だが。

「この——長男くん？　かっこいいですよね。さすが桐乃の息子です」

ぶっ殺すぞこのイケメン野郎！　と、憤慨して当然の場面……なの、だが。

「うーん」

不思議と『嫌い』『ムカつく』という感情が湧いてこない。

あやせが男を褒めるところを聞いても、何故か嫉妬する気にならない。

『俺もそう思う』と、誇らしく同意してしまう。

俺から見て、甥っ子だからか？

一方で、

「こっちの妹は……」

「あはは……桐乃そっくりの顔立ちなのに、どうしてこんなに雰囲気が違うんでしょうね？」

そう、そうなのだ。

妹の方も、間違いなく超美少女ではあるんだが……。

桐乃そっくりの顔をしていて、数万年に一人レベルの可憐さだとは思うんだが……。

なんつーか、このアホ毛といい、萌え漫画みたいなツインテといい、締まりのない表情といい………

「アホそうで心配になるな」

「姪っ子に対してひどくないですか!?」

「この兄貴、苦労してそうで同情するわ」

あくまで信憑性のない、占い結果の絵でしかないんだが。

『おまえも頑張れよ』と応援したくなる心持ちだった。

「しっかし……これなら桐乃が『本物』だと言いたくなる気持ちも分かるな」

「『上手い演出』の結果ではあるんでしょうけど、ここまで具体的だと……」

「『本当に未来を視ている』のかもって、思っちゃうよな」

これは俄然、楽しみになってきた。

「なぁあやせ、俺たちの子供も描いてもらおうぜ」

「なっ――も、もおっ……」

げしげし、と、真っ赤になったあやせに肘で脇腹を突かれながら、俺は再び歩き始めた。

その店は、路地裏の雑居ビル――その、地下一階にあった。

道の脇にポツンと置かれた怪しい看板に、店名が書かれている。

まるでバーの入口だ。や、俺、バーなんて入ったことねえけども。

「ここ、だな」

「ここ……です、ね」

俺たちは、地下への階段を覗き込む。

薄暗い空間は、非日常への入口だ。

中高生にとっては馴染みのない、アンダーグラウンドの気配。

自分でいうのもなんだが『背伸びをしたい学生』のデートには最適だろう。

手すりのない階段へと足を踏み出すにあたって、俺は、自然とあやせに手を差し伸べていた。

「……あっ」

あやせは、ちょっとびっくりしたようだったが……

「ありがとうございます、お兄さん」

恥じらいながらも、俺の手を取る。

そこで俺も、遅ればせながら事態に気付く。

――手！　手、繋いでるじゃん！

――うああ！　意識してなかった……！　てかっ……柔らか……っ！

はぁ……はぁ……階段から転げ落ちるかと思ったぜ。

内心で大混乱しているのとは裏腹に、俺は、ゆっくりと慎重に、一段一段下りていく。

なにせ、あやせと手を繋いでいるんだから。

俺が転んだら、あやせまで巻き込んでしまう。

「…………………」

結婚した男が危険を冒さなくなる――『守りに入る』というのは、こういうことなのかもしれねーな。ああ……混乱しているせいで、飛躍しまくった恥ずかしい考えが浮かんでくる。

傍から見たら何事もなくとも、俺にとっては大冒険。

そんなこんなで階段を下り、俺たちは、占いの館にたどりついた。

カップルが、すでに二組並んでいる。

「まあ、人気あるって言ってたもんな」

「むしろ空いている方かもです。運がよかったですね」

「だな」

狭い空間で、雑談をし、しばし待つ。

占いの時間は、どうもまちまちで、一組目が数分で戻ってきたのに、二組目のカップルがなかなか戻ってこない。たっぷり二十分ほども待たされて、ようやく俺たちの番になった。

「……行くか」

「はい……なんだか、緊張します」

「はは、俺も」

ドアノブをひねり、開ける。

ちりん――と、鈴の音が綺麗に響いた。

そこは、コンクリート打ちっぱなしの空間だった。

薄暗い部屋が、紫色の灯りでぼんやりと照らされている。

あちこちが深い紅色の布で装飾され、俺たちの視界を制限している。

魔術的で、ミステリアスで、かなり本格的な占いの館といえよう。

ドキドキと心臓が高鳴った。もちろんそれは、あやせと手をつないでいるからってのもあったろうが。

「ようこそ、お客様」

どこからともなく、女性の声が響いてきた。

「ここは、彼岸と此岸の狭間。夢と現の境界。時が揺らぎ、場所が意味を見失う、曖昧なる世界」

流れるように紡がれる口上。

「どうぞ、そのままお二人で、前にお進みください」

「「…………」」

俺たちは顔を見合わせ、くすりと微笑み合う。

手をつないだまま、声の誘導に従い進む。

切れ目の入った布をめくると、正面に占い師の姿があった。

魔術師然とした黒ローブに身を包み、目深にフードをかぶり、椅子に座っている。

彼女の正面には広めのテーブルがあり、水晶玉やスケッチブック、タロットカードなどが載っているのが見えた。

でもって、テーブルを挟んだこちら側にも、洒落た椅子が複数並んでいる。

よくある形式の、占いの館。

「お座りください」

占い師の女性は、上向きにした掌を差し出すようにして、俺たちを促した。

指示通り、あやせと並んで座り、対面する。

「あの……」

と、あやせが切り出した。

「わたしたち……三度目……いいえ、付き合い始めてから、初めてのデートなんです」

「ふふっ……では、初めてのデートが盛り上がるような占いが？」

「はい、お願いします！」

意外とノリいいよな、あやせって。

占い師は、人差し指であごに触れ、しばし思案しているようだった。

やがて、やや軽い口調で、

「ホントは、コース選択とか色々あるんですけど、あたしにお任せしていただけるなら、今回は特別に——割引した料金で占いますよ」

「えっ、いいんですか？」

これ……占いの値段が店のどこにも書いていないし、来る客全員に『特別に割引します』って言ってるんじゃねーの？

どうにもあやせは、素直すぎるし、お人好しすぎる。

そこがいいところなんだけどさ。

俺が脳内でノロけているうちに、値段の話が終わったようだ。

異存ない値段設定だったので、成り行きに任せる。

「では、始めますね」

占い師は張り切った様子で、タロットカードを手に取りシャッフルを始める。

「俺が聞いた話では、『絵を描いて占う』って」

「はい、フフフ……それがここの売りですから。タロットと水晶玉で占いまして——結果を絵に描いて、お渡ししています」

と、いうことらしい。

「そっか……楽しみだな、あやせ」

「占い結果の絵……わたしがもらってもいいですか？　その、記念に」

「もちろんだ」

後から考えると、あやせの要望には複数の意図が込められていた。

ひとつめは言葉どおり。

ふたつめは――……いま言うことじゃねえか。

俺はこう聞いた。

「何を占ってくれるんですか？」

「将来、お二人が築く家庭……なんて、どうでしょう？」

「しょ、しょうらい……って」

どんな将来を想像したのか、あやせは、かぁぁ……と頬を赤らめ、うつむいてしまう。

ＹＥＳ！　この占い師、いい仕事するぜ！

俺は内心歓声を上げ、占い師の振りに乗っていく。

「いいですね。それでお願いします」

「お、お兄さん！」

「なに恥ずかしがってるんだ。予定通りじゃないか」

「そ、そうですけど……っ……」

「フフ、仲がよろしいんですね。羨ましいです」

「まあ、はい」

「おぉ……そこまでハッキリ肯定されると清々しいですね。っと……さ、最初の占いの結果が出ますよ」

話している間も、占い師の手は器用に動き、タロットカードをテーブルの上に並べていく。

最後に、強調するような動作で、カードの束から一枚の札を引き出し、俺たちの前に示した。

——死神のカードだ。

「えっと……これで、なにが分かったんですか？」

「はい、これはですね……そのー……お客様……彼氏さんが」

「俺が？」

「もうすぐ死ぬみたいです」

「うぉおい!?」

ストレートすぎるだろ！　なんだよ『死ぬ』って！

や、確かに不吉そうな並びだったけども！

「もっと正確に言うと……『今月中に殺される』運命だと出ています」

「余命半月!?　しかも他殺かよ!!」

ってか、そもそも占い師って客商売だろ!?

客に『死にます』とか『殺されます』とか言っていいわけ⁉

今月中とか超具体的だしよ！

占いなんか信じちゃいないけど、さすがに不安になってくるぜ！

イヤっ……だって、当たり外れが検証できちまうじゃねーか！

そんだけ占い結果に自信があるってことだろ！

慌てる俺とは裏腹に、あやせは（表面上）冷静だった。

俺たちの大切な記念日に、舐めた占いをした者に向かって――落ち着いた口調で問う。

「占い師さん？　……わたしの彼氏が『今月中に死ぬ』んですか？　ふーん………どういうことです？」

「ご、ごめんなさい。お二人の将来を占うはずが……あたしも、まさかこんな結果が出るなんて……あれえ……？　お、おかしいですね……」

あやせの本性を知らないはずの彼女は、しかし、大いに怯えている様子だった。

「うう……そんなはずは……誰に殺されたんだろう？」

過去形で言うのやめてくれる？

これ、この言い方……仮に占いが本物だとして――そこまで詳細には視えてないのか？

「……やれやれ、よく当たると聞いていましたが……桐乃の勘違いだったみたいです。出ましょうか、お兄さん」

冷たい声で席を立つあやせ。占い師は、それを掌を突き出して止めようとする。

「ま、待ってください！」

あやせはチラリと振り返って、

「不幸を避けるために、怪しいお守りを買えとでも？」

「貴方にそんな恐ろしいことしません！」

「じゃあ、なんです？」

「もう一度！　もう一度チャンスをください！　もっと詳しく視てみますから……！」

両手を合わせ、あやせに祈りを捧げる占い師。

あまりにも必死すぎる。どうしてもあやせの怒りを買いたくない――そんな様子。

……てかあんた、ミステリアスな印象が台無しになってるがいいのか？

「と……言っていますけど。お兄さん、どうします？」

「占ってもらおうぜ。せっかくだし」

だってこのまま帰ったら、ずっと不安が続きそうじゃんか。

「……ふん、そうですね。では、最後に一度だけ……お願いします」

「ありがとうございますっ！　全力を尽くしますっ！」

フウ、ギリギリで命拾いしたぜ……！

そう言わんばかりの態度だった。

俺の不安が、急激に増大していく。

原因は、占い師の態度だ。

この人は自身の占いによって、未来を知っているんじゃないか。

『あやせを怒らせたらどうなるか』——熟知しているんじゃないか。

そんな考えが脳裏をよぎったからだ。だとしたら、俺は……マジで……

気を取り直したように、しかしあやせへの畏れを残したまま、彼女は言う。

「あたしの占いはですね。あくまで、運命を視ているだけなんです。現時点で、その人がたどり、いやすい未来、と、いいますか」

「つまり、確定したものではない？」

「はい！　運命は、変えられるんです！」

勢い込んで言い放つ彼女に、あやせは冷淡に鼻を鳴らす。

「よくある占いの逃げ口上に聞こえますけど」

「半信半疑で構いませんので、聞いてください。運命は、何種類もあって、変わることもあります。変えることもできます。よりよい未来のために、ほんの少しの助言ができれば——あたしの占いは、そういうものなんです」

「そうですか。それで？」

……あやせがおっかねえ。

俺のために怒ってくれているってのは、もちろん承知しているし、嬉しいんだが……。

怖いものは怖いんだよ！

占い師は、俺に言う。

「貴方の現在は、数多の選択の積み重ねでできています。ひとつでも選択が異なっていれば、貴方が別の選択をしていれば――違う現在に至っていたはずです」

桐乃が聞いたら『エロゲと同じじゃん』などと言うかもしれん。

人生はエロゲに通ず。

アホらしいが、ある意味、真理かもしれん。

「未来も同じです」

「俺の選択で、変わるってことか」

フレンドリーな対応のせいで、というかインパクトの強すぎる占い結果のせいで、俺も口調が段々と砕けてきている。

「はい。今回、特に大事なのは、直近の選択ですね。――お客様……彼氏さん……今月、『死ぬような選択』をする心当たりが？」

あるわけねえだろ！

と、言いたいが…………………………………………………なくはない、ない。

俺の視線に気付いたあやせが、きょとんと可愛く首をかしげる。

「お兄さん？　どうしてわたしを見るんです？」

「いや、なんでもない」

事によっては、ここが『死の選択』なのかもしれなかった。

おかしなことは言えん。

あんたもだぞ、占い師。これ以上、おかしなことを言って、あやせを刺激してくれるなよ？

俺のアイコンタクトを受けた彼女は、承知しましたとばかりに深く頷き、水晶玉に手をかざした。目を閉じ、なにやら念じる。やがて言った。

「月末までに、貴方がたどるであろう『複数の未来』を占ってみました」

「そうか。今度はどんな未来が視えた？」

「死ぬ未来ばっかりですね」

「このままだとアンタも死ぬぞ！」

「分かってますぅ〜〜〜〜〜〜！　でも嘘は吐けませえん！」

占い師は、オーバーリアクションで叫ぶ。

「というかっ、なんでこんなに死の運命一直線なんです⁉　現時点からの未来だとほぼ死ぬじゃないですか！」

「俺が聞きてえよ！　てかほぼ死ぬんだ俺⁉」

あやせと付き合ったから？　あやせと付き合ったからなのか⁉

あやせに愛されるという奇跡を起こすのに、人生の運を使い果たしてしまったのか⁉

「『ほぼ』って言ったな⁉　俺が生き残る未来があるのか⁉」

「あるので頑張ってください！」

「具体的にどうすりゃいい？」

我ながら、完全に信じた体の台詞だった。

正直なところ半信半疑以下だが、ここまで言われたら、信じてなくてもこう言うよ。

「うぅ……気をつけてください、としか……。とりあえず今月中……いまから半月以内に多くの『死の選択』があることを、半信半疑でも意識していただけたようなので、あたしにできることは終わりです」

「超不安なんだが？　デートで来たのに、楽しい気分で帰れないんだが？」

「当初の予定どおり、彼氏さんが生き延びた場合の、素敵な未来についてお話しするので、どうかそれでお許しを！　か、彼女さん⁉　さっきから、靴をトントンする仕草怖いんでやめてもらえます⁉」

さっきからあやせは、座ったまま、意味深に脚を動かしているのだが……。

俺は知っている。

これが、キレる予兆であると。いい加減にしないとマジで蹴りが放たれると。

「……『素敵な未来』とやらを早めに頼む」

「はっ、はいっ！」

占い師はスケッチブックをつかみとり、音を立てて机に押しつけ、ガリガリガリガリ！　と、高速でペンを走らせた。

「うぉぉ……こりゃすげえ」

即興で『未来の絵』を描いているようだ。

その仕草は素人目にも手慣れていて、こちらが本業なのではと思わせるほどのものだった。

やがて――

「完成です！」

彼女はできあがった絵を、さっそくあやせに手渡す。

不機嫌だったあやせは、絵を見るや、目を見開いた。

「これって――」

「？　どれどれ……？」

俺も、脇から絵を覗き込んだ。

描かれていたのは、とてつもなく愛らしい、幼い少女だ。綺麗な黒髪が、よく似ている。

「お二人の子供――娘さんです！　どうです？　すっごく可愛いでしょう～～？」

よほど絵に自信があるのか、誇らしげな声で胸を張る。

「あー……まぁ、可愛いけどさ。絵のデキも上手いと思うけどさ」

俺は、頬を掻いて感想を漏らす。

すると、占い師の唯一見えている口元が、不満げに尖った。

「む、なにか文句でも？」

「文句っつーか、あやせに似すぎだろ！」

「それはまあ、親子ですし」

「俺の遺伝子どこ行った？」

「さあ～……でも、お母さんに似て、良かったじゃないですか。逆よりいいでしょう？」

「失礼すぎる！　俺の心はいたく傷ついたぞ！　アンタ絶対、あやせを見てそのまま幼く描いただけだろ！」

「そちらこそ失敬です。そんなことありません」

ぷい、とそっぽを向いてしまう。

くそっ……なんだこいつ……客に対する口調じゃないぞ……。

いや！　それよりいまは、あやせだ！

この絵で、あやせの怒りが、果たして収まったかどうか――

チラリと顔色をうかがうと、あやせは、

「……この子が…………お兄さんと……わたしの……」

真っ赤になって硬直していた。

「えへへ……なんだか、くすぐったい……ですね」

あやせは、口元を緩ませ、にやけている。

恥じらいと愛情がない交ぜになった眼差しで、その絵を見つめている。

彼女は……いつか同じ目で、同じ顔で、子供を見るのだろうか。

「あぁ……そう、だな」

俺は想う。

不吉すぎる占いをされちまったが……この顔を見られただけで……

来てよかったな——って、さ。

「お気に召して、いただけましたか？」

おずおずと問う声に、あやせは優しく「はい」と答える。

柔らかな空気が、部屋に満ちていく。

「あやせ……もう少し詳しく、聞いてみようぜ」

「……そ、そうしましょうか？」

「なんなりと」

調子を取り戻した占い師は、再び両手を水晶玉にかざす。

俺は、少し考え、あやせが喜びそうな問いをする。

「子供がいるってことは……俺たち、将来結婚するってことだよな？」

「もちろんです」

「ふうん」

いまに至っても、俺は占いを信じちゃいない。

あやせとのデートに相応しい会話ができればいいだけだ。

そのためなら、信じた体で合わせるくらい、どうってことはない。

「どんな感じなんだ？　俺たち夫婦は」

あやせを恥じらわせ、今後楽しい会話のネタにもなる、悪くない質問だろう。

占い師はまず、期待通りの台詞を言う。

「とっても仲のいい夫婦ですよ。結婚してから十年以上経っても、新婚みたいにラブラブです」

「ら、らぶらぶ……そう、なんだ……えへへ」

あやせは、嬉しそうに照れている。

よしよし、いい感じじゃないか。占い師ちゃん、最初からコレをやれよ。

「お父さんも、お母さんも、すごく優しくて、お母さんはちょっぴり厳しいですけれど——この子は、毎日幸せに暮らしています」

「うんうん、そうかそうか」

創作だと分かっちゃいても、嬉しいもんだな。

「なああやせ、お母さん厳しいってさ」

「そ、それはきっと、娘のためですよ！」

「はは、きっとそうだろうな。あやせのことだから、たくさん習い事に通わせたり、ゲームや漫画を禁止したり、栄養バランスがどうのこうのって、お菓子を与えなかったりしそうだ」

「え？　それって、厳しいですか？」

あやせの『当たり前ですよね？』みたいな態度に、俺はやや引いた。

占い師も「うえー……」と、イヤそうな声を漏らしている。

占いなどできない俺にも分かった。

将来あやせは、きつめの教育ママになると。

「なかなか苦労してそうだな、俺の娘」

「この子は、『お母さんに内緒だよ』って、こっそりお菓子をくれるお父さんのことが大好きで……だけどいつもバレちゃって、親子一緒に、お母さんに叱られているんです」

「あのー……京介パパは、わたしだけ悪者にして、ずるくないですか？」

「おいおい、未来のことで怒られても困るぜ。つーか、あやせママは子供に厳しすぎると思うぞ……？」

そうやってしばし、未来を前倒しにした、奇妙な夫婦喧嘩をする。

この不思議な体験こそが、占いの館の『本来の醍醐味』なんだろうな。

すっかり堪能した。

めちゃくちゃ嬉しかったよ——あやせと一時とはいえ、夫婦になれた気がしたから。

「平和そうな家族で、よかったよ」

「ふふ、そうですね」

あやせも、同じように思ってくれているといい。

ってな感じで、一悶着あったものの、俺たちは、客として大変満足していたのだが——

「ただ、この子には、大きな悩みがひとつありまして」

「俺たちの可愛い娘に悩み？　そりゃ、聞き捨てならねえな」

「はい……悩みというのは、叔母さんのことで……」

？　おばさん？　いや……叔母さんか？　つまり——

「「桐乃？」」

俺とあやせは、声を揃えて顔を見合わせた。

占い師は、感情を込めるようにして語る。

「そう——若くて綺麗で、海外でモデルの仕事をしている……桐乃叔母ちゃんのことです」

驚くような台詞ではない。俺たちが、桐乃の名前を口にしているのだから。

これまでの会話から得た情報で、なんとでもいえる部分だろう。なのに、

「き——桐乃がどうしたって言うんですかっ？」

あやせ、食い付きすぎだろ。桐乃のことになるとこうだからなあ。

占い師は『俺たちの娘』の代弁をするかのように、真に迫った様子で、こう訴える。

「うざいんです。とっても」

「あ、うん」

うざいんだ、桐乃叔母さん。

「ひっどいんですよ。家に来るたび、うんざりするくらい構ってきて——あちこち触ってきて。『はぁはぁ……なんでも買ってあげるから、うちの子にならない!?』とか、『ふひひ、一緒にお風呂入ろ！　洗いっこしよ！』とか！」

「あぁ……桐乃ってば………」

あやせも、察したような顔になっている。

「——正直言って、かなり気持ち悪いです」

「知ってる」

俺は、しみじみと同意した。

俺の妹は気持ち悪いんだよ！　そりゃ、何十年経とうが変わらんわな！

「まあ、でも、アレだ……そこまで害はないから……俺たちの娘には、強く生きて欲しい」

「その無責任な台詞、未来の貴方も言っていましたよ」

「妹に甘いんです、この人。シスコンなので」

「シスコンじゃねぇ！　つーかあやせ、おまえも桐乃に甘いだろうが！」

「そう、両親ともに桐乃叔母ちゃんには甘いんです！　だからこそ！　この子は深く悩んでしまっているんですよ！」

力説する占い師。

「あれ、俺たちの娘の悩みって『桐乃叔母ちゃんがクソうざい件』じゃなかったの？」

「それもあるんですけど、もうひとつが本題ですね。そちらも桐乃叔母ちゃん絡みなので、同じ悩みとも言えるんですが」

「むう……」

俺は、あやせとアイコンタクトを交わす。

——姪っ子にエロゲやらせたのかな？

——さ、さすがに桐乃もそこまではやらないと思います！

「聞かせてもらえますか？　その、本題の悩みを」

「もちろんです。実は……」

占い師が、ひそやかに切り出す。

「ごくっ……」

あやせと俺(おれ)は、固唾(かたず)を呑(の)んで、言葉を待つ。

「実は、お父さんが……」

「お、俺(おれ)が？」

「自分の妹と」

「き、桐乃(きりの)と？」

「浮気(うわき)をしているかもしれないんです！」

ぶち、と、キレる音が聞こえた。

「どっ、どどどど、どういうことですかお兄さん！」

「あやっ……ちょ……息、息が……！」

あやせは玄人(くろうと)の業前(わざまえ)で、ぎりりと俺(おれ)の首を絞(し)め上(あ)げる。

呼吸困難で、俺(おれ)の意識が死に近づいていく。

間近に迫(せま)る、血走った眼(め)。

ひいい……トラウマになりそうだ！

俺(おれ)の弁明を聞くためか、意識が落ちる直前で絞(し)める力が弱まった。

「はぁっ……はぁっ……お、おい占い師！　おまえふざけんなよ！　よ、よりにもよって——俺が、桐乃となんだって？」

「浮気してるっぽいんです」

「するわけねーだろ！　俺が！　き、ききき、桐乃と！　浮気するわけないだろうが！」

全力で主張した。命乞いのためだけじゃなく、本気で意味が分からんかったからだ。

「でも、でも、二人でこっそり出かけてたり……たまに兄妹っぽくない雰囲気になったり……怪しいんですけど？」

それたぶん新たな人生相談に巻き込まれてるやつ。

「あやせと結婚した未来の俺が、浮気なんて死んでもありえねえし！　その相手が大嫌いな実の妹とか、どんな冗談だよ！　な、なあ？　あやせ？　信じてくれるよな？」

「……じぃ……」

「信じてくれますよね!?」

あやせは半目で俺の目を見つめていたが……やがて、

「——信じます」

微笑んで、そう応えてくれた。

「あやせェ！」

「まあ、確かに……お兄さんって色んな女の子と浮気しそうですし？　相手が桐乃なら、すごくありえそうですけど……」

なんということだ……あやせの俺への評価が辛すぎる……。

さっきもそうだったが。

『桐乃と浮気しそう』だと思われていることが、心外でならない。

俺が？　桐乃と？　ねぇ――――よ！　絶対にない！　どんなif世界でもない！

「――でも、結局はしないと思うんです。だってわたし、お兄さんが浮気したり、桐乃に変なことしたりしたら……泣いちゃいますし」

くす、と。彼女がこぼした笑みに、心が持って行かれそうになる。

「お兄さんは、わたしが泣くようなことはしませんよね？」

「あ、あぁ……もちろんだぜ！」

「はい、知ってます。だから、えと……占い師さん。わたしの娘には、『大丈夫だよ』『心配いらないよ』って言ってあげたいです」

「根拠が、他にあるんですか？　『夫を信じている』以外に」

「ま、まだ夫じゃありませんけど……そうですね、ありますよ」

「お聞かせいただいても？」

「あなたが視た未来で、わたしの夫は生きていたんでしょう？　それが根拠です」

「…………………………」

……………………………………………。

ハハッ、説得力あるなあ！

俺、浮気なんか絶対しねえわ。

占いの館を出た俺たちは、千葉駅方面へと向かい、ショッピングを楽しんだ。

「お兄さん、本当によかったんですか？　買ってもらっちゃって――」

「おう、付き合った記念だって言ったろ？　怒らせちゃったお詫びも兼ねて」

あやせの小指には、シルバーの指輪がはまっている。

そこまで高価とはいえないが、今の俺にとっては、精一杯のプレゼント。

「本当なら、もっと本格的なのを買ってやりたかったんだけど、さ」

「高価な指輪よりも、この指輪がいいです。すっごく……すっごく嬉しいです」

「そう言ってもらえると俺も嬉しい。けど、喜び過ぎじゃないか？」

「いいえ、そんなことありません」

手を天にかざし、ほう……と、指輪を見つめるあやせ。

「……えへへ……似合います？」

その様子から、彼女の言葉が嘘じゃないことが伝わってくる。

「ああ、光栄だよ、ほんとに」

この娘が俺の彼女だなんて、夢みたいだろ？

俺も、あやせと並んで空を見上げた。

夕焼けだ。ゆっくりと西に、太陽が沈んでいく。

あっという間だったが……楽しかった今日も、終わりつつある。

——早く大人になりてえな。

俺たちが大学生だったら、もっと長く、夜になっても一緒にいられただろう。

俺たちが夫婦だったら、一緒に家に帰って、眠りにつく寸前まで、一緒にいられるだろう。

楽しかったぶん、今日が終わるのが惜しい。

少しの間とはいえ、別れるのが辛い。

「お兄さん。もう少しだけ、いいですか？」

「おう！　どっか行きたいところ、あるのか？」

「こっちです——」

あやせに手を引かれ、歩いていく。

その最中……ぽつ、ぽつ、と頭に冷たい感触が。

「あ、やべ」

「……雨？」

あやせが、掌で水滴を受け止める。

ざあ、と、雨脚が強まった。

「うわー、けっこう降ってきやがった。天気予報じゃ晴れだっつってたのに。——あやせ、走るぞ！」

「は、はい！」

「どっち？」

「あっちです」

あやせが指さした方向に向けて、今度は俺があやせの手を引き、駆けていく。

雨脚はどんどん強まっていく。

やがて、俺たちがたどり着いた場所は——

「なんだ、いつもの公園じゃんか。ここでいいのか？」

「はい、ここに来たかったんです」

「？　とりあえず屋根んとこへ——」

小走りで屋根の下へと避難する。ベンチがポツンとあるばかりの休憩所。

夕焼け空には雲は無く、天気雨の類かもしれない。

「かー……濡れちまったな」

急に降ってきやがって、雨宿りする暇もねえ。

バッグからタオルを取り出し、あやせに手渡す。

「あやせ――ほら、これ」

「ありがとうございます。……お兄さんて、準備いいですよね」

「そうでもねえよ。折りたたみ傘くらい持ってくりゃよかった」

「さすがに今日くらい晴れてたら、仕方ないですよ」

あやせは頭をタオルで包むようにして、髪を拭く。

その様子を見ていた俺は、

「！」

勢いよく視線をそらす。

そんな彼氏を見たあやせが、不思議そうに首をかしげる。

「？　どうかしまし――あっ……」

ようやく俺の行動に得心がいったらしい。

雨で濡れたあやせの服が、肌に張り付き、下着が透けてしまっていた。

「す、すまん」

「い、いえ……これも……仕方ない、ですから」

己の身体を抱いて恥じらうあやせ。

気まずい雰囲気をなんとかしようと、俺は話を変えんと試みる。

「それで……どうしてここに？」

「わたしにとってこの場所は……特別なんです」

「あぁ……」

それを言うなら、俺にとってもそうだ。

あやせと桐乃と俺とで、大騒動を繰り広げたのもここだし。

あやせから呼び出され、何度となく人生相談を受けたのも、ここだ。

この場所には、あやせとの思い出が詰まっている。

「だから、お兄さんとお付き合いして、デートをするときは……ここで…………」

「ここで？」

「……あ、いえ、その」

挙動不審に言いよどむあやせ。さっきよりもさらに顔が赤い。

俺は不思議に思ったが、急かすことなく、あやせが続きを話してくれるのを待った。

やがて……

「……お兄さん」

「ん？　どうした？」

あやせは、消え入りそうな細い声で――

「……わたしと……キス……しませんか？」

ささやいた。

「――――――――――――」

俺は度肝を抜かれ、心の中で絶叫した――が、表には出さない。

ギリギリで踏みとどまる。

「……お兄さんも…………したい……ですよね？」

ちら、と、上目遣いで。

あやせは、そんなことを、問うてくる。

俺は、「よし」と、優しく言って、

「あやせ……目、つむってくれるか？」

「！　は、はい！」

返事をする声が硬い。あやせは、ピンと背筋を伸ばし、緊張しているようだ。

俺は、あやせの肩に手をそえ、数秒だけ逡巡し……

彼女の額に、唇で軽く触れた。

『ギリギリでヘタレやがって』という幻聴が聞こえる。

俺が一番分かってるから……！

「…………」

身体を離すと、あやせは目を開け、己の額を、うっとりと指でなぞる。

「提案が……あるんです」

夢見るような顔で、彼女は言った。

「……ああ、どんな？」

「わたしたちがお付き合いをしていること……まだ、桐乃には、言わないで欲しいんです」

「それは……」

「お兄さん……まだ、言ってないですよね？　桐乃に」

確信しているような口ぶりに、ほんの少しだけムッとしたが、実際そうなので頷くしかない。

「……理由を、聞いてもいいか？」

「しっかり心の準備をして……それから、伝えたいんです。自分の口で」

あやせにとって、とても重要なこと――そう感じた。

「分かった。でもさ、俺たちが言わなくても、すぐにバレちゃうんじゃないか？」

今日だって、こっそりデートをしていたわけでもない。同じ学校の連中に見られているかもしれないし――今後は、ずっと一緒にいる予定なんだから。

俺たちの交際が皆に広まり、桐乃に伝わるのは、時間の問題だろうと思ったのだ。

「心配ありません」

と、あやせは言った。

「口止め済みですから」

「そ、そか」

深く聞かない方がよさそうだった。

「そんなに長く秘密にしておくつもりはないですし……今月いっぱい……その間だけ……お願いします」

「おう。そのときは、俺も一緒に、桐乃と会うよ」

俺からの提案に、あやせはしばし迷っていたが、

「……はい」

覚悟を決めたように、吹っ切れた笑みを浮かべた。

俺も、笑みを返し、空を見上げる。

「雨、上がったな。帰ろうか」

「お兄さん」

雨を吹き飛ばすような笑顔のまま、あやせが俺を呼び止めた。

「ん？」

「襟に、ごみが付いてますよ？」

「え？　マジで？」

「取ってあげますね。かがんでください」

「こうか？」

頭を差し出すようにすると、あやせは俺の首に、するりと腕を巻き付け——

「――――――」

唇に、キスをした。

不意打ちを終えたあやせは、そっと身体を離し、

「…………桐乃には、内緒ですよ？」

稲妻に打たれたように呆然とする俺を置いて、彼女は駆け去ってしまう。

雨上がりの虹が、いつまでも煌めいていた。

第二章

俺があやせと付き合い始めてから、[illegible]日後。

二人の関係が順調に進展し、これからさらに深まっていくことを誰も疑っていない、

この幸せがずっと続くと信じていた、

そんなある日。

雲一つない快晴。この場所には見覚えがある。彼女と俺にとって縁深い、あの公園だ。

俺の目前には、あやせと、もうひとり誰かが居る。

その誰かに向けて……

「嘘だよ？」

と、あやせが言った。

いつもと変わらぬ笑顔が、何故か、恐ろしく感じられた。

「わたしが……お兄さんと……付き合っている……なんて……真っ赤な嘘」

ハッキリと口にしたはずの言葉が、よく聞き取れない。

世界にノイズが走り、ざらついている。

「あはは……やだなぁ……もぉ～、すっかり騙されちゃって」

古いビデオ映像めいた景色の中で、空々しい笑い声が響く。

「――そう言えば、満足なんでしょ？」

どうやら……口論の現場、の、ようだ。

見れば誰もが感じ取れるだろう、一触即発の気配で、あやせはうっそりと、誰かに呟く。

「ふふ……ずるいなぁ……どうせいまみたいに言えば……わたしが……諦めてくれるって……あなたに譲ってくれるって、思ったんでしょ？」

「ち、ちがっ……」

「嘘吐くなッ！」

「お、おい！　あやせ……！」

俺は、あやせに駆け寄り、彼女の肩をつかんで止める。

するとあやせが振り向いて、俺を昏く睨み付けた。

「お兄さんも、わたしと恋人になったことなんか、嘘にしてしまいたいんですよね？」

「い、いや……そんなことは」

なんだ……このやり取りは……。

どうして俺たちは、こんな会話をしている……。

俺と、もうひとりの誰かに向けて、

「嘘！」

あやせが、激しく声を荒げた。

「じゃあなんで、すぐに否定してくれなかったんですか！」

ザザ、と、世界が震え上がる。

「全部嘘だったんですね……！　大好きだって言ってくれたのに！　麻奈実さんよりも、黒猫さんよりも、桐乃よりも、おまえが一番好きって、言ってくれたのに！　嘘だったんだ！」

血を吐くような声が、俺の魂を切り刻む。

「いつも相談に乗ってくれて、優しい言葉をかけてくれて……いつか結婚しようって……。嬉しかったのに……すごくすごく嬉しかったのに……全部嘘で……偽物で……」

「――この裏切り者ッ！　許せない！　絶対に許さないッ！」

大きな音がした。それが自分の声だと気付いた瞬間、灼熱のような痛みが、目に。

「――――……――……――」

消え失せていく意識の中――

俺が最後に見たものは、愛しい恋人の姿だった。

「うわああああああああああああああああああ！」

飛び起きた。掛け布団を撥ね除け、両手で左目を押さえる。

夢だったと状況を把握しても、夢の内容を幻のように忘れた後も。

目玉をえぐられる生々しい痛みが、しばらく残っていた。

「……………あぁ……くそ……変な夢見た……」

しゃがれた声で呟く。風邪を引いた後のように、寝間着が汗でぐっしょりだ。

「はぁ……はぁ………ふぅ」

ようやく少し落ち着き、ベッドの上から部屋を見回す。

カーテンの隙間から、朝日が差し込んでいる。

置き時計の時刻は、午前六時。いつも通りの自室に、たまらなく安心する。

あれは夢だったのだ、と。何度も何度も確認作業を繰り返してしまう。

「夢の内容……ちっとも覚えてねーのに……」

いや、少しだけ。

あれは――――

俺は、夢の『重要な部分』を思い出そうと、こめかみに指を当てる。

そこで。

ぬっ、と。

夢で見た顔が、すぐ目前に現れた。

「大丈夫ですか、お兄さん？」

「ヒィアァァァァァァァァ――――――――！」

絶叫したよ。正直、ちびりかけた。

「んななななッ……ななな！」

俺は、ベッドの上で壁際まで後ずさりながら、震える指でそいつを指さす。

「あやせェ！　なんでオマエがここにいる！」

まだ悪夢は終わっていなかったのか⁉

「お義母さんに入れてもらったんです」

あやせは、俺のただならぬ様子に驚きながらも、そう説明してくれる。

「おかあ……なに？　お袋？」

「はい、お義母さんに『桐乃を迎えにきました』って言ったら『なら上がって行って』って。えと、ほら、言ったじゃないですか、わたしと桐乃、今日の午前中、一緒の仕事で――早く家を出なくちゃいけないんです、って」

「あ、あぁ～……そういえば」

それで、あやせは午前中で撮影の仕事が終わるから……午後に待ち合わせてデートをしようって、一緒に水着を買いに行こうぜって、そんな『打ち合わせ』をしたんだった。

「そうだった、な」

「それで……桐乃を起こす前に……その……彼女としては……ですね」

あやせは、頬を赤らめ、ぼそぼそと言葉をさまよわせる。

「こっそりお兄さんを、起こしてあげようかなぁ……って」

はい可愛い。

大天使。

『いまこの瞬間』でなかったら、萌え死んでいただろう。

「なのに……わたしの顔を見るなり、そんなに大きな声で驚くことないじゃないですか」

「スマン。ちっとな……すげー怖い夢、見てたんだ」

そう、ちょうど夢の内容を、一部だけ思い出したところだったのだ。

再びあやせは、俺に問う。

「どんな怖い夢だったんですか？」

「おまえに殺される夢」

「…………現実にしたいんですか？」

即座にその返しができるところが、マジであやせ。

俺は、さらに顔色を青くしながらも、こう弁明した。

「……あやせのことばっかり考えてたから、夢にまで出てきたんだよ」

「やっぱり、まだ気にしているんですね——昨日の占い」

「あぁ……まぁ、そうかも」

そりゃ、気をつけないと今月中に死ぬとか言われたもんな。

「ふーん……お兄さんって、夢に見ちゃうくらい、『わたしに殺されるかも』って思ってるんだ。占いで言われた死因が、わたしに違いないって思ってるんだ」

あやせは、悲しみ半分、心配半分の雰囲気で、スネる。

「ごめん。それこそ、俺のこういうところが悪いんだよな」

率直に詫びると、あやせは意外だったのか、目をぱちくりとする。

そんな彼女に、考えを告げる。

「なあ、あやせ」

「は、はい」

「今回のことを良いきっかけにして、腹を割った付き合いをしよう。お互い、相手に不満を溜めないように。不安を与えないように。そう心がけよう。そうすりゃさ」

「大きな喧嘩をしなくて済みますね」

「ああ」

「……将来も」

「夫婦喧嘩をしなくて済むな」

「も、もぉ」

「はは」

俺たちは、仲直りの印とばかりに笑い合う。

もう、あやせに対して口に出すことはないが。

もしも、俺があやせに殺される未来があったとしたなら——

その俺は、よほど最悪の選択肢を選び続けたのだろう。

よほど、ちゃんとしなかったのだろう。

同じ轍は踏むまい。死の占いを糧として。今朝の夢を教訓として。

この俺は、つとめて誠実に、恋人と向き合い続けよう。

きっとこれがエロゲだったなら、フラグが立ち、新しい選択肢が生まれた瞬間だった。

午前中、あやせは仕事をし、俺は受験勉強をして過ごす。

そうして午後。俺たちは千葉駅前で待ち合わせた。

二日連続でのデートってわけだ。

「近場でいいのか？　なんなら東京まで出てもいいけど」

「はい、ここがいいです」

あやせは、自然な笑みで、俺を駅ビルへと導いていく。

毎週のように、妹のアキバ行きに付き合わされていた俺からすると、ものすごくローコストなデートコースに感じられるな。

そういえば先日一緒に打ち合わせた『デートの予定』でも、あやせは千葉のロケーションばかりを選んでいた。

金銭面、時間面、双方を見据えた『男子高校生とのデートプラン』だ。

現実的というか、しっかりしているというか、率直にいってありがたい。

安定を愛する俺にとっては、あやせってすげー良い彼女なのかも。

もちろん『あやせは誰にとっても最高の彼女である』という当たり前の事実は大前提として。

「桐乃ももう少し、あやせを見習ってくれりゃあなあ」

ふと口を突いて出た俺のぼやきに、あやせが食い付く。

「それって、『彼女として』って意味ですか?」

①『ああ、そうだ』と肯定する。

②　自然に否定する。

③　激しく否定する。

俺が選んだのは——

「いやいや、『一緒に遊ぶ相手として』って意味だよ。変なこと言うな」

「あはは、そうですよね」

軽く笑うあやせであったが……

……なんか、いま、選ぶと死ぬ選択肢があったような……。

気のせいかな？　もしも②を選んでいなかったら、ここで終わっていたとか、ないよな？

「でも、お兄さん。桐乃は、一緒に遊ぶ友達としても、妹としても、とっても素敵な女の子だと思いますよ？」

「そりゃ、おまえにとってはそうだろうけど」

「お兄さんにとってもです」

「……その心は？」

たとえあやせの意見でも、そう簡単に納得してはやれんぞ。

なにせ妹のことだからな。

あやせは「ふふっ」と笑ってから、

「きっと桐乃は、お兄さんに――」

神を讃える宗教者の顔で言った。

「『自分のために、なるべくたくさんの、お金や時間を使わせたい』んですよ」

「やっぱクソ妹じゃねーか」

「そうじゃなくて、『お兄ちゃんに甘えたい』って意味です！」

「ホントかよ……」

桐乃が？　そんなガラじゃねーだろ。

「わたしも、同じ女の子として、気持ちは分かりますし。わたしも……す……じゃなくて……お兄さんみたいなお兄さんがいたら……ワガママを言って困らせたり、たくさん束縛したり……しちゃうかも」

「あやせが俺の妹だったら、甘やかしまくるぞ」

「なら……今日は、わたしのお兄さんになってくれますか？」

「ああ、存分に縛ってくれ、頼む」

「そ、そんな大きな声で変態みたいな言い方はやめてください！　周りに人いるんですから！　ちっ……違いますからね！」

恥ずかしそうに、通行人たちへと弁明の声を上げるあやせ。

「なあ、あやせ。冗談抜きに、もう少し甘えて……というか、遠慮なく接してくれていいぞ。重いとか、めんどうとか、そんなことないからさ」

「……分かりました。そうします」

彼女は嬉しそうに頬を緩める。

この時の俺は、まだ知らない。

明日以降、あやせからのメール頻度が、日を追うごとに増えていき……。

返事が遅れると段々内容がやばくなっていくのだ。

俺が望んだ、『遠慮のない彼氏彼女の関係』が、実現されようとしていた。


俺たちがやって来たのは、水着売り場だ。

昨日、打ち合わせたとおり、海水浴の準備をするのが買い物の目的だった。

同じ目的だろう若者が、チラホラと見える。

「桐乃は、いま、東京で仕事中なんだっけ？」

「はい、午前中の撮影が終わったあと、別の現場に行きました。ですから……夏コミのときのように、ばったり出くわすようなことはありません。十分おきに、桐乃に『いまどうしてるの？』ってメールで聞いてますし、返事がないときは、たくさんメールしますし、文面も都度変えますし」

「……重い友情だな」

「はい？　なにか言いました？」

「尊い友情だな」

「はい！」

おさらいになるが。

あやせと俺が付き合うようになったことは、桐乃にはまだ内緒なのだった。

「ま、そういうことなら――安心か」

「安心したわりには、きょろきょろしてますね？　女物の水着を必死に凝視しているえっちな人みたいですよ？」

「ああ、いや。誰か男の知り合いと会わないかなって。腹を割って白状するけど、超可愛い彼女を自慢したいんだ」

「……わ、わたしを……自慢するんですか？」

「そうそう。あらかじめ約束してから紹介するんじゃなくて、街中とかで偶然友達と会って、紹介する形がいい」

「なんですか、そのこだわり」

呆れられてしまったが……。

男子高校生の夢というか、浪漫というか。

――おっ、偶然じゃーん。

――え？　俺？　デート中。

――紹介するよ。この子が俺の彼女なんだ――――

これがやりたいんだよ！

しょうもないとか言うな！　自分でも分かってるよ！

でもやりたいんだ！　分かるだろう？

「ってわけで、知り合いを探している」

「……もぅ……しょうがないですね」

そっ、と手をつないでくるあやせ。俺の夢を、叶えてくれようとしているらしい。

彼女と手をつなぐ。

まだぎこちないが、昨日よりずっと自然につなげるようになった。

なにせもう、キスしたからな！　ちょっとヘタレたけど、キスしたしな！

手をつなぐくらい、余裕ってもんよ！　うあぁ…………手、汗かいてきた。

「お！」

なんと、都合良く知り合いを発見。

あやせを伴い、わくわくを胸に、さりげなく近づいていく。

あっちも俺に気付いたらしく、片手を挙げて、声を掛けてきた。

「お、高坂じゃんか」

「よう、赤城」

水着売り場で出会ったのは、赤城浩平。俺のクラスメイトで友人だ。

自慢相手としては、完璧な人選。神は俺に、全力で彼女を自慢しろと言っている。

「どしたんオマエ、こんなところで」

「俺？　ああ、デート中なんだ」

ちら、と、あやせに目をやる。

「はじめまして、新垣あやせです」

丁寧にお辞儀をするあやせ。

練習通りの言動だが、実際に目にすると、感慨深い。

……うおお……あやせが俺の彼女として、俺の友達に挨拶をしている……。

すると赤城は、

「マジでか！　おまえ彼女できたんかよ！　いつのまに！」

「夏休み入ってから」

「へー、すげえ可愛い子じゃん」

「ひっひ、そ～だろ～」

「お、お兄さん！　も、もぉっ！」

恥ずかしさに耐えきれなくなったのか、叱ってくるあやせ。

俺は、さらに自慢する。

「彼女と海行く約束してさ、それで一緒に水着を買いに来たんだ。どうだ、羨ましいだろう」

「おお、そりゃ羨ましいぜ」

気分良く喋っていた俺だったが、そこでふと気付く。

……赤城のやつ……なんか、ずいぶん余裕あるな？

変じゃね？　俺が逆の立場だったら、内心イライラしまくりで、態度にも出ると思うんだが。

「なあ、赤城。そういやおまえは、なんで女物の水着売り場にいるんだ？　――あ、まさか！」

『おまえも彼女ができたのか？』

『だから余裕の態度なのか？』

と、そういう意味で声を発したのだが、彼の口から出てきたのは、想定外の台詞。

「ああ――『**妹**』の水着を買いに来たんだ」

へへ、と、赤城は照れくさそうに、買い物カゴから赤いビキニを取り出す。

俺は、目を見開き、無意識に呟いていた。

「でかい」

「…………………」

あやせが、俺の腕を思い切りつねった。

赤城は言った。

「『**妹**』にせがまれて、プールに行くんだよ――こっちも受験勉強で忙しいってのに」

「ほ、ほう」

動揺する俺。

赤城は、額を手で押さえてうつむき、首を横に振る。

「美人の彼女と海行くおまえがマジで羨ましいぜ。――はぁ〜〜〜、やれやれ、妹のワガママに振り回されて、兄貴ってのは大変だよなぁ。でも仕方ねーよ。妹だから……兄貴だから……っかぁ〜〜〜、やれやれ、しょうがねえよな〜」

赤城は、誇らしげに去っていった。

「………………………………………………」

…………………………………………。

俺は、あやせに腕をつねられながら、悲鳴も上げず、呆然と級友を見送った。

やがてはっと気づき、拳を強く握りしめる。

「あ、あの野郎勝ち誇りやがって！」

「お兄さん！　なんで負けたみたいな反応なんですか！　あっちは妹で、こっちは彼女ですよ！」

「くっそおおおおおおおお！　クソックソッ、悔しすぎる……こうなったら俺も桐乃に電話するしかねえ！」

「落ち着いてください！　まさか彼女の前で妹を『水着買いに行こう』とか『プール行こう』って誘うわけじゃないですよね？　いい加減にわたしも腹が立ってきたんですけど、違いますよね？」

「桐乃のやつ電話出ねえ！」

「仕事中だって言いましたよね！」

「くっそ、じゃあメールだメール！　あ、返事きた」

「桐乃も返信早いよ！　仕事中になにやってるの！」

あやせのツッコミを背に、俺は桐乃からの返信を読んでいく。

一行目がこれだ。


——妹とプール行きたいとか、マジでキモいんだけどw

「うちの妹はメールでもクソうぜえな」

「き、桐乃はなんて返事をしてきたんですか！」

「あやせ、ナイトプールってなんだ？　秋もやってるの？」

「お兄さん！　ちゃんと質問に答えてください！　というかそれ全部読ませてください！」

ガッ！　と、鮭を狩り捕るヒグマのように、あやせが俺の携帯を奪い取る。

桐乃からのメールを素早く読んで、

「ああもう〜、九月になったらお兄さん、桐乃とナイトプールに行かなきゃいけない感じになっちゃってるじゃないですか！」

「よく分からんが、これで赤城に対抗できるぜ」

「わたしも絶対に行きますからね！　二人きりとかダメですからね！」

「望むところだけど、なんか怒ってない？」

「彼氏の『妹』への異常な執着を垣間見て、信頼が揺らいでいるんです！」

「俺をシスコン扱いするのはやめてもらおうか。そういうんじゃないから」

「くっ、この期に及んで……そんなの誰も信じませんよ。……兄妹でナイトプールなんて普通は行きません」

あやせはしばらく俺を白い目で見ていたが、やがて、「はぁ～～」と呆れの溜息を吐く。

「仕方ありませんね。そういう人だと分かっていて、好きになっちゃったんですから……」

彼女は、凛々しく表情を引き締め、俺に片手を差し出した。

「ほら、行きましょう。わたしの水着――選んでくれるんですよね？」

奪い返すかのようなその笑顔は、俺を改めて魅了するのであった。

八月も残りわずかだってのに、太陽のやつは、今日も全力で燃えさかっている。

目の前には空と海。

踏みしめる砂は、フライパンのように熱されていて、ビーチサンダルが溶けちまうんじゃねえかと心配になってくる。

雲一つない快晴。遮るもののない陽光が降り注ぐ中で。

俺は、愛しい恋人を待っていた。

俺の彼女の名前は――

「お待たせしました、お兄さん」

新垣あやせ。真っ白な水着姿で現れた彼女は、肌を大胆に見せつけるようにして、歩いてくる。

「あの、どうでしょう……似合いますか？」

「……お、おぉ……」

あやせのビキニ。

あまりにも衝撃的な光景に、俺は一瞬言葉を失ってしまう。

くらっとよろめいた。

いきなり熱射病になりそうだ。

おまえが自分で選んだ水着だろうに――そうツッコまれるかもしれないが、違うんだ。

確かに俺は、昨日、あやせと一緒に水着を買いに行った。

『どんな水着がいいですか』って好みを聞かれたし、実際に幾つか水着を選びもした。

だけど結局、あの店では、あやせの水着姿を見ていないのだ。

もちろん試着はしていたが、『当日のお楽しみ』ってことで、お預けされていたのであった。

つまり、俺は今の今まで、あやせがどんな水着を着てくるのか、分からなかったってわけ。だから。

こうして初披露された水着姿に翻弄されてしまうのも、仕方ないんだ。

「似合う、ぞ」

「えへへ」

あやせは、真っ赤になっているであろう俺を見て、満足そうに笑った。

清楚な彼女らしからぬ、悪戯っぽい笑み。

「お兄さん……気に入ってくださったみたいですね？　わたしの——水着姿」

殺すつもりか。

漫画でよくある『鼻血を噴水のように噴き出す表現』って、誇張だとばかり思っていたが。

いまの俺なら、現実でもやってしまいそうだった。

「あやせ……昨日、試着した水着の中で……一番すごいやつを……選んだんだな」

俺の指摘に、あやせは、かぁっと頬を染める。

もじもじと身をよじりながら、

「だって、初めてだから……彼氏には、ドキッとしてもらいたいじゃないですか？」

「……他の水着でだって、俺はじゅうぶんドキドキしたと思うぞ」

「……お兄さんって、えっちなくせに、大人しい水着ばかり選ぶんですよね」

そう。

昨日の俺は、ワンピースタイプの低露出な水着を、主に選んだのだ。

いまあやせが着ているのは、店員にそそのかされて、『じゃあ……』と若干流され気味に選んだやつなのだ。

俺がいままで、あやせに対して、してきた態度を顧みれば、そりゃあ意外に思われるだろう。

「俺だって、あやせのビキニが見たかったよ。けど……」

「けど？」

「他の男に見られるの、嫌だったし」

「…………あ」

「だから、大人しい、清楚っぽいやつを……選んだんだ」

俺は、あやせに自分の上着をかけてやる。彼女はそれを受け容れながら、

「……そうだったんですね」

恥ずかしそうに、けれど、ちょっぴり嬉しそうにしていた。

「もぉ……それなら、昨日、言ってくれたらよかったのに」

そうしたら、ビキニは買わずに済んだものな。

でも、あやせ、違うんだよ。

「俺としては、周囲の目がある海では、大人しい水着で気兼ねなく遊んで、俺の部屋とかで二

人きりのときに、ビキニ姿を見せて欲しかったんだ——満を持して！　俺だけにね！」

「…………一瞬見直したのに、台無しです」

上着を羽織ったあやせの露出が減って、俺はようやく少し落ち着いてきた。

とりあえずとばかりに、ドリンクを買って、パラソルの下で、彼女と並んで座る。

「女の子と二人で海——なんて、初めてだから。どうしていいか分からん」

「そんなに気負わなくても」

あやせは、控えめな仕草で苦笑する。

「普通でいいと思いますけど」

「まさか、男連中ときたときみてーに、スイカ割りやったり、ひたすら泳いだり、焼きそば食ったり、とか、そういうんじゃねーだろ。デートなんだから」

「わたしはそれでもいいですよ。楽しそうです」

「他のカップルは、海でなにやってんだろーな？」

ちらりと周囲を見回すと、隣のパラソルで、カップルがキスしていた。

「…………………」

「…………………」

ガン見する俺&あやせ。

うわ……人前だぞ……あいつら……マジかよ……あんなことまで…………。

事が済んだあと。

俺とあやせは、顔を見合わせて赤面する。

「……す、すごかったな」

「……は、はい」

「…………えっと……………………………………する？」

「しません！」

ですよね。

「じゃ、じゃあ……泳ぐか！」

ごまかすように立ち上がると、あやせもノってきて、

「い、いいですねっ！　そうしましょうか！」

俺の手を取り、駆け出した。

恋人と、夏の砂浜を走る。手と手が、指先だけで繋がっている。

もちろん周囲に人はいて、二人きりってわけじゃあないが。

夕焼け空の下でもないが。

なんとも、青春っぽい時間だった。

そのまま海に入っていく――と思いきや、あやせは水際でピタリと立ち止まる。

くるりとこちらに振り向いて、

「まずは、準備運動しないと」

「っはは」

「な、なんですか……笑って」

「いや、らしいなってさ」

頬を膨らませているあやせに並び、俺は準備運動を始めた。

真面目な彼女らしい行動は、俺の性にも合っている。ふと見れば、家族連れで来たのだろう子供たちが、俺たちを真似るようにして準備運動をしている。

微笑ましい光景に、通りかかった若いカップルたちが笑みをこぼす。

俺もあやせも、なにやら恥ずかしくなってしまったが、性格上、最後までやらねば終われない。準備運動をやりきって、ようやく海へと入っていく。

海水浴デート。

俺も初めてだからよく分からんのだが……水をかけっこしたり、ゆるーく泳いでいちゃついたり、そういう感じにすればいいんだろうか？　などと考えていると、あやせが切り出した。

「お兄さんって、泳げますか？」

「おう、得意だぜ」

強がりじゃなくて、本当だ。これでも元スポーツ少年だからな。

中学時代は、男子の間でも速い方だったと思う。高校では一切練習していないが、そこまでなまっちゃいないだろう。

「もしあやせが泳げないんなら――教えようか？」

泳げない彼女に、手取り足取り、らぶらぶいちゃいちゃ指導する。

実は、『彼女ができたらやってみたいこと』のひとつだったのだ。

ところがあやせは、少し迷ってこう言った。

「それ、いいですね――『泳げない』って嘘吐きたくなっちゃいました」

「なんだ、やっぱり泳げるのか」

そりゃ残念だ。

「ふふ、ごめんなさい。水泳、わたしも結構得意なんです」

……ほほう、あやせの新情報か。覚えておこう。

「いや、謝ることないって。そんなら、一緒に泳ごうぜ」

「はい！　お兄さん、競走しましょう！」

「お？　自信ありげじゃないか。じゃあ、そこのブイまで――」

近場を指さした俺だったが、あやせはかぶせるように主張する。

「もう少し遠く――あの岩場をゴールにしませんか？」

「どこだって？」

「あそこです」

「んー…………え？　あの岩場？　遠くね？」

遊泳禁止エリアではなさそうだが……。

「……ダメですか？」

「いや、いいけどさ」

ゆるく泳いでいちゃいちゃするんじゃねーのかい。

どうもあやせは、『ちゃんと泳ぐ』つもりまんまんのようだった。

こういうところまで、真面目というか……らしいというか。

「じゃ、やるか」

つい、苦笑してしまう。

「俺が負けたらアイスおごるぜ？」

「ふふっ、約束ですよっ。よぉ～～～い」

スタートの合図と共に、俺たちはゴールに向かって泳ぎ出す。

ゆるく泳いでいちゃつくという予定は狂っちまったが。

計画変更だ。

ふっふっふ…………ぶっちぎって、彼女にいいところを見せてやるぜ！

あやせは泳ぎに自信がありそうだったが……。

まあ、さすがに負けはしないだろう。

中学時代の高坂京介は、水泳部員を含めてなお、クラスで二番目に速かったのだ。

俺が泳ぎで年下の女子に負けるわけがない。

「ふははは！　刮目せよあやせ！　彼氏の超かっこいいクロールをなあ！」

黒猫めいた台詞を吐き、絶好調の有様で水をかく俺であったが――

「……あ、あれ？」

あやせ、めっちゃ速くね!?　普通に互角……い、いや……。

追いつけないだとお……！

くそっ、俺の彼女は人魚姫かよ！

「い、いかん！　俺の壮大な計画が……！」

クッ、うおおおお！　と、すべての余裕を消し去って、中三女子相手に本気を出す俺。

千切られかけていた俺は、それでようやく速度で並び、彼氏の面目をギリギリ保つ程度の差で――負けることができたのであった。

「……はぁ……はぁ……はぁ……はぁ……はっ、はっ、は――」

ぺたり、と、ゴールの岩場に手を着く。

完全に息が上がっていた。

こっ……こんなに全力で泳いだのは……水泳部の長島君とガチ勝負したとき以来だぜ。

あー悔しい！　くっっそ悔しい！

遊びのつもりだったのに、あくまでデートの一環で、楽しい彼女とのアウトドア・アクティビティでしかないはずだったのに……。

中学時代の悪いノリが出てしまったじゃないか。

「お兄さん！　お疲れ様でした！」

あやせが、ぱしゃぱしゃと立ち泳ぎで寄ってくる。

!?　つーか息！　ちっとも切れてないのかよ！

ウッソだろオマエ……あやせもかよ。

スーパースポーツ美少女はうちの妹だけにしといてくれや。

はぁ〜、自信失っちゃうよ。

「はぁ……はぁ……あやせ……すっげえな…………めちゃ速い、な…………はぁ……ふぅ」

俺は肩で息をしながら、辛うじて言葉を絞り出していく。

あやせは素直に「えへへ……ありがとうございます」などと照れている。

「プール、よく行くんです……桐乃と」

「はぁ……はぁ……え？　桐乃と？」

「はい、スタイル維持にいいよって誘われて……それで、得意になったんですよ」

なるほどなあ……納得したぜ。

普段から桐乃と練習していたなら、俺が勝てるわけねーや。

しっかし……息、苦しいの治らんな。

「あの……お兄さん……その……」

「ん？　なんだ？」

すまんあやせ。俺、息が上がってて、いまろくに喋れないぞ。

身体を動かした直後だからか、あやせの身体は火照っているようだ。

彼女はうつむき、消え入るような声で──

「……ここなら…………誰も、見てません、よ？」

「？　はぁ……はぁ……げほっ……そっか……それで……？」

「え？　あの……ですから……」

後でめちゃくちゃ後悔するのだが。

脳に酸素が足りていなくて、こんな返事をしてしまったのだ。

すると、あやせは、『予定と違います』みたいな顔で慌てる。

「……こ、ここなら……さっきの……き……キス」

「？？？　なんだって？」

「も、もう！　察しが悪すぎです！　お兄さんのバカ！」

あやせは、真っ赤になって海面をぶっ叩く。

ばしゃーん！　と、大きな水柱が立った。

「えぇ……？」

知らんがな！　体力使い果たしててそれどころじゃねえわ！

「はぁ……はぁ……あぁ……ようやくまともに呼吸ができるようになってきた……で？　あやせ——なに？　もうちょい詳しく」

「もういーです！　べーっ！」

なんだってんだよ。俺が悪いわけ？

「ちゃんと言ってくれなきゃ分からないって。桐乃かよ」

むっとした俺は、もちろん悪い意味で言ったのだが。

「えっ、いまわたし、桐乃みたいでした？」

こいつに『桐乃っぽい』って言うと喜ぶんだよな……。

ったく……やれやれだ。

俺は、千載一遇のチャンスをフイにしたことにも気付かず、『陸路で浜に戻ろうぜ』と、情けない提案をするのであった。

砂浜に戻った後。

水泳であやせに凹まされた俺は、なんでもいいからリベンジをしなくてはならぬと、

「あやせ、次はビーチボールで遊ばないか？」

そんな提案をした。

「いいですね、やりましょう」

笑顔で返事をするあやせ。

桐乃扱いされたからか、もうすっかり機嫌は直ったようだ。

「じゃ、ボール買ってくるぜ」

そういうことになった。

果たして、ビーチボールを買って戻ってくると――

「あれ？」

あやせが、誰かと話していた――というか、ガラの悪そうなのに絡まれていた。

「お、あやせじゃーん」

女なので、ナンパではないようだが……。

――あやせの知り合いか？　いや、あいつは……

俺は咄嗟に気を回して、様子をうかがう。

するとあやせは、絡んできた相手に向き直り、そいつの名を呼んだ。

「か――加奈子！」

そう。あいつは来栖加奈子。桐乃とあやせのクラスメイトで友達だ。

トレードマークのツインテール。赤い水着が小悪魔めいた印象を強めている。

彼女は、いつものクソガキ口調で言う。

「どったのこんなとこで、撮影？　スタッフ見当たんねーけど」

「違うよ加奈子。今日の撮影は、午前中だけだったから」

「ほーん。そんじゃ、なんで海にいんの？」

「そ、そういう加奈子は？　そんなに——可愛い水着きちゃって」

「ん？　このカッコ？　うへへ、ちょー可愛いっしょコレぇ、めっちゃ加奈子に似合うっしょ～」

胸元のリボンをつまんで、上機嫌に自画自賛する加奈子。

まあ、可愛いっちゃ、可愛いと思うよ。

桐乃やあやせには遠く及ばないにしても、ちゃんと美少女ではある。

ちょっぴり腹がね。ぽっこりしてるけども。

「うん、素敵な水着だと思うよ。マーメイドマーメイド」

適当な口調で褒めるあやせ。

「それで、加奈子はどうしてここに？」

「ナンパ待ち」

「な、ナンパ待ち？」

「そそ。宮本が夏だし男欲しいって言うからサァ、付き合いで来たの。ったく、おせーってのな～、七月にやっとけよっつの」

きひひ、とキバを見せて笑う。

「ほらぁ、加奈子ってちょー可愛いじゃん？　いい男寄せのエサ？　そんな感じ」

そのイカみたいなおなかじゃ無理だろ。

サメとロリコンしか釣れねえわ。

宮本さんとやらが誰なのか知らんが、明らかに人選ミスだろ。もしくは加奈子が見栄張って嘘吐いてるか。……後者かな？　なんとなくだが。

内心でツッコんでいると、あやせが面倒そうに話を切り上げにかかった。

「ふ、ふーん。そうなんだ……ガンバってね」

「おう！　身長百八十センチくらいある、年上で金持ちのイケメン釣ってきてやんよ！」

このガキ、マジで身の程を知れよ。

そんなん、俺があやせと付き合うくらいの奇跡が必要だぞ。

「いってらっしゃい、加奈子！」

「行ってくるぜ！　――って、ごまかされねーぞあやせ。おめーは撮影でもねーのに、なんで海にいんだっつの。なんかあたしに言えない理由でもあるわけ？」

「あははもー、そんなことないよ加奈子。説明するのが面倒だし、お邪魔虫だし、早くどこかに行って欲しいなって思っただけ」

「正直だなおめー！」

あやせって、加奈子相手だと遠慮ないよな。

ある意味、いい関係なのかもしれん。

「そんで？」

と、加奈子が行儀悪くあやせを促す。

するとあやせは、片手で自分の髪に触れ、どこか自慢げに――

「わたしはね……デート、なんだ」

「デートぉ？　あー……この前夏コミんときに、彼氏といたっけ？　え？　マジでアレが彼氏だったの？　あやせの？」

「ふふ……そうだよ？」

「あんとき、彼氏じゃねーとか言ってなかった？」

「当時はまだ付き合っていなかったの。実は……加奈子と会った日の……帰り道に……」

「あ、待って待って。それって長くなる？　うざい感じの話？」

ノロケ話はノーセンキューとばかりに、片手を前に突き出し嫌がる加奈子。

「加奈子ぉ？　人の話を最後まで聞かないのは失礼だよ？　そっちが聞いてきたんじゃない」

「や、そーだけどヨ。いやーな予感が」

「ところで、夏休みの宿題ってもう終わった？」

「わけねーじゃーん、うへへへ」

「だよね？　あーあ、今年も一緒にやろうと思ってたのになー。そんな失礼な子に勉強を教えるの、わたしイヤだなぁー」

「あやせ様のお話なら、多少うざくても喜んで聞かせてもらいますよぉ～～♪」

あっ、従順になった。

加奈子のやつ……こびへつらうように揉み手までしていやがる。

つーかこいつ、夏休みの宿題とか、ちゃんとやる気あるのね。

加奈子の評価が、俺の中でやや上昇する。

あやせは、舎弟と化した加奈子に向かって、満足そうに頷き、

「じゃあ、なにから話そっか？」

「は？　そんなんどーでも……」

「かーなーこ？」

「二人の馴れ初めとかどうっスかね!?　ほ、ほら、さっき話そうとしてた！」

加奈子のやつ、あやせに弱すぎるだろ……。

「あぁ……そうそう、そうだったね。わたしとお兄さん……」

「はぁん？　彼氏のこと『お兄さん』って呼んでんの？　ちょいキモくね？」

「あぁ……えっと……そこは気にしないで。今度、話すから。あとキモいとか言わない」

「？　まぁいいけど……いたたた頭ツカむなよ！」

加奈子に、俺が桐乃の兄貴だってのを打ち明けるのは、桐乃への報告が終わったあと、ってことだろう。

「私の彼氏──京介さんは、年上なの。みっつ上の、高校三年生。加奈子も会ったよね、夏コミの日に」

「おう、覚えてんよ、もちろん」

おお、『興味ない相手の顔を覚えない』こいつから、こんな台詞が飛び出るとは。

なんだかんだで、あやせの──『親友の彼氏』ってのは、加奈子にとっても重要人物なんだろう。

そんなことより！

あやせが、俺のことを『京介さん』って名前で呼んでくれているだと……！

うわ……彼女に名前で呼ばれるって、破壊力すごいな。

……あ、いや、その……盗み聞きをするつもりじゃなかったんだが……。

……完全に出るタイミングを逸してしまったぜ。どうしたもんか。

仕方なく、そのまま二人の会話を見守る。

俺の名を聞いた加奈子は、むむ……と思案顔になって、

「京介……きょーすけねぇ…………なーんか……」

「なに？　加奈子？」

「いや……どっかでさ…………まぁいっか。ほいで、夏コミの帰り道にコクったん？」

「そうだけど先回りしないでよ」

「早送りしてアイス買いにいきてーんだよなー」

「加奈子、こっちの日陰に入っていいよ——長くなるから」

あやせは、友達の手首をがっしりとつかむ。

アレは逃げられない。

「……………………うぇーい」

諦めたのか、加奈子は、売られていく子牛のような顔で、パラソルに入っていく。

そしてビーチチェアに、ちょこんと座った。

……あいつのぶんも、アイス、買ってきてやるか。

「あのね、聞いて加奈子……あの日、別れ際に、良い雰囲気になってね……お兄さん……京介さんが……」

俺は、こっ恥ずかしい会話から逃れるように、売店へと戻るのだった。

三人分のアイスキャンディを手に、戻ってくると——

「つーか、やっぱあやせ、自分からコクったのな？」

「うん、どうして？」

「だってあやせってさー、よく男からの告白断ってるじゃん？　なんとなく、自分からしたいんじゃねーかなーって」

「あ……言われてみれば……そう、なのかも」

少女たちの会話が、まだ続いていた。

加奈子、頑張ってくれてるな、という印象が強い。

あやせって、意外と『語りたがり』なのかもしれない。

そんな俺の彼女は、夢見るように言う。

「でもね、わたしが『好きです』って告白したあと……彼からも、告白してくれたの」

「へー、なんて？」

「『結婚してくれ』って」

「そいつアホだろ」

「そうなの」

アホですみませんねえ！　聞こえてるんですけど？

あやせも、赤裸々にバラしすぎだろう。

桐乃に内緒にしとくっつってんのに、口が軽そうなアホに話しちゃっていいのかよ。

まあ、あやせの判断なら大丈夫だろうけど。

「ひひ、でも笑えるな」

加奈子は、キバを見せつけるように笑む。

「おめーって、どんな男なら付き合うんかなーって思ってたケドよー……まさか、あんなしょぼい感じの男とくっつくとかさー、くっそウケるんだけど！」

残念だったなクソガキ！

釣り合ってないのは自覚あるから、効かねーよ！

「あはは……面白いこと言うね」

「なーあやせ……加奈子の手首に爪立てるのやめてくんね？」

「そんなに意外？」

「そりゃ意外に決まってイタタタタ！」

加奈子って、恐怖心とかないのかな。

もしくは学習能力が欠如してんのかな。

俺、自分が悪口言われてるってのに、あやせに対する加奈子の遠慮ない態度に、痛快さすら感じるぞ。

加奈子は、ようやく解放された手首に、ふーふー息を吹きかけている。

そんでもって、さらにここから、俺へのディスを再開していく。

「そりゃアイツ、背はそこそこ高いけどさー。顔だってそこまで悪かないけどさー。前にコクってきた男どもの方がよくね？　サッカー部の主将とかいたべ？」

「京介さんがいいの。他の人じゃダメなの」

「ふーん、そりゃすげーや。彼氏のどこに惚れたわけ？」

いい質問だ。

褒めてやるぞ加奈子。

あやせは、『定番の質問』にかなり動揺したようだった。

「え〜〜〜〜〜〜〜〜」

と、両手で顔を覆ってしまう。

「どこに惚れたのか……なんて…………恥ずかしいよ、加奈子〜〜〜〜」

水着で身をよじるあやせは、永久保存したいほどえろ可愛かったのだが。

同性である加奈子は、イラっとした様子。

「かー、うっざ。こっちが気ぃ遣ってノロケ話を振ってやってんのに、なんなんだよそのわざとらしい態度はよー。ほんとは喋りてーんだろ？　自慢の彼氏の話をよー。そーゆーのもーいーから。分かってるから。まどろっこしーのやめてくんね。とっとと喋って、とっとと加奈子を解放しろや」

うんざりと要求を伝えると、あやせは上機嫌に目を輝かせる。

「うん！　じゃあ話すねっ♪」

「あー……手首いてー」

……変な友達関係だなこいつら。

「あのね……わたしね……彼氏のどこに惚れたのかっていうと…………」

「おー、どこよ？」

「全部好きなの！」

「……おーい」

ゾンビのようにうめく加奈子。

うぉぉ…………と、その場にうずくまる俺。

あやせは、エロゲを語る桐乃のように――

「すごくえっちで、変態なのに……自分からはわたしにキスできないの。完全にキスの雰囲気になったのに、わたしに目をつむらせたのに……おでこにしちゃうの」

「うわぁ……」

やめて！　俺のヘタレエピソードを自慢げに語るのやめて！

死んじゃう！　心が死んじゃうのぉ！

「そういうところが、愛しいっていうか……可愛いっていうか……好き！」

「うへぇ……」

甘い息を吐く加奈子。

こっちは血を吐きそうだよ。

加奈子は、侮蔑の眼差しを、目前にはいない『あやせの彼氏』へと向ける。

「え、じゃあ、まだキスしてねーの？　そのシチュまでいっといて？」

「したよ！　わたしから！　彼氏がへたれたあとに、勇気を出して……ちゅーって」

あやせが仕草付きで実演しやがったもんだから、

「ちゅーって……」

聞いている加奈子まで真っ赤になってしまう。

「すっごく……幸せだったなぁ」

両手で頬を押さえて、くねくねするあやせ。

加奈子は頬を染めたまま、涙目になっている。

「は～～……………………きっつ」

すまん。

本当にすまん。

俺は死んでいるので、加奈子を助けてやることはできない……。

あやせは、とろんとした目を友達へと向ける。

「ねえ……加奈子……」

「おー………」

「………人生相談、してもいい？」

「はえ⁉」

じ、人生相談？　あやせが――加奈子に？

い、いったい…………………

硬直する俺＆加奈子の眼前で、あやせはこう切り出した。

「初えっちって……どうしたらいいと思う？」


「……ちょ、おま……は、はつ――なに？」

「初えっち」

「初えっちすか」

「どうすればいいと思う？」

「どうすればいいと思う？　っすか」

オウム返しをするだけの生き物になっている加奈子。

しょうがない！　加奈子は十分がんばってくれているよ！

俺は無理、もうがんばれない……情報量が多すぎて限界！

立ち上がることさえ困難だった。

俺の目前で、とんでもない人生相談が行われている。

「しらねーよそんなのよぉ〜〜〜〜〜〜〜〜」

心底うんざりしたように吠える加奈子。

「したきゃすればぁ？」

「あ、そんな言い方」

「まっじ興味ねーわー。つっか、なんで加奈子に聞くわけ？　そろそろ宮本がうんこから戻ってくっからさー、そっちに聞けよなァ。好きだろアイツそーゆーの」

「だって、加奈子、恋愛経験豊富なんでしょ？」

「へ？」

「自分でいつも言ってるじゃない」

「ま、まー……そーだけどヨ」

気まずそうに視線をそらす加奈子。

コレは嘘吐いてるやつの態度ですわ。

見抜いているのかいないのか、あやせはにこやかに言う。

「それなら、やっぱり加奈子が適任だよ。あんまりクラスでこ、こういう、話、したことなかったけど……みんな、どう考えてるのかなって……聞いてみたくて」

「初えっちを？」

「うん」

「まー、クラスにゃ、経験済みのやつもいるよな」

「やっぱり、そうなんだ」

うっそマジで⁉　お――おまえら、中学生だろ⁉

うちの桐乃と同い年だろ――最近の女子って、そんな進んでるの⁉

俺、おまえらくらいの頃なんか……小学生となんも変わらん遊びしてたのに！

「お付き合いしてたら……その……普通……なのかな？」

「あやせってさー、そういうの、普通かどうかで決めねーだろ。みんながどーでも、自分で考えて決めるじゃん。これもそーすればいーだけじゃね？」

「いつものわたしなら、そうしてたと思う。自分の基準と考えで、よし、こうしよう――って」

「だわなあ。いッつもみんながエロトークしてると、突然横から入ってきて、おカタいこと言って空気壊すもん」

「あはは……それでみんな、不満そうにしてたっけ」

俺の抱いていたあやせのイメージ、そのまんまの行動だった。

真面目で清楚で大人びているあやせは――エロが嫌いで、興味もないんじゃないか。

そう思っていた。

しかし、加奈子は言う。

「自分で恋愛してみたら、考えが変わったかもって？　そんで戸惑ってるとか？」

「そうなの！　やっぱり加奈子って、わたしのこと分かってる！」

どうして加奈子のやつは、あやせの言いたいことを要約できるんだよ。

いまの会話にそんな情報量あった？

俺にとっちゃ、ガールズトークは暗号にしか聞こえないぜ。

「恋愛経験豊富だっつったべ？」

加奈子は得意げにニヤける。

「さすが加奈子！　それで——わたし、どうしたらいいかな？」

「ちなみに、あたしがこーしろっつったら、言うとおりにすんの？」

「しないよ？　参考にするだけ」

「ハ、だと思ったわ。じゃあ聞くけどよー、ぶっちゃけあやせはしたいん？」

「……きょ、興味は……なくもない……かも」

ああ、ガールズトークのアクセルが踏み込まれていく……！

顔が熱い。アイスと一緒に溶けてしまいそうだ。

「ただ、いますぐ……は、ダメ……。お付き合いしたばかりだし……お互い……学生だし
……」

「じゃあ、あやせっぽい質問すっけど――結婚してからにすんの？」

「……前のわたしなら……そうしよう……って……なってた、かも」

「いまはちげえと」

あやせは、恥じらいながらも、こくりと頷く。

すると加奈子は、からかうように、

「普段厳しいこと言ってっくせによー、彼氏できたとたんユルユルなのな」

「もう、意地悪なこと言わないでよ」

「へーいへい。――で？」

「だから……その……どのくらいからなら、いいかな、って……」

俺、このままここで聞いていていいのかな⁉

耳を塞いだ方がいいんじゃないの⁉

「じゃあ、あたしの意見な」

加奈子のことだから、『すぐしてＯＫ』とかなんとか、チャラい意見を言うのだろう。

そう決めつけていたのだが――

「おまえが高校卒業するまで待たせとけ」

アレっ、イメージと違うこと言い出したぞ！

「相手も高校生とか大学生くらいなんだろ？　あやせの立場なら……そんくらいの気持ちで付

き合うのがいいんじゃね？　どうしてもそういう気持ちになったら、心構えとか、我慢とか、どーせ意味ねーだろし。んで、彼氏がむりやり迫ってくるようなら蹴っ飛ばして別れろ」

彼女なりに、あやせのため、友達のため——真剣にアドバイスしているようだった。

あやせにも、伝わったのだろう。

「うん……参考にするね。ありがとう、加奈子」

「あー……っと……その……あくまで、『あやせがどうしたらいいか』って話な。他のやつに聞かれてたら、また違うこと言ったと思うし」

「分かってる。加奈子ってすっごく——」

「はいしゅーりょー！　そのへんにしとけ！　この流れつまんねーから！」

照れ隠しのように両手を振って、あやせの言葉を断ち切る加奈子。

彼女はそこで、くるりとこちらに振り向いた。

俺に向けて言う。

「ボサっと見てねーで、さっさとアイス持って来いよ——彼氏クン」

「……気付いてたのか」

「たりめーじゃん」

俺がアイスキャンディを手渡すと、加奈子は当然のようにそれを一舐めし、

「うぎゃ、なにこれ、溶けてんだけど！」

まるでワガママ彼女のような態度であった。

一方で、

「お、おおお、お兄さんッ⁉　いつからそこに！」

あやせは俺の登場に、思い切り動揺している。

「どっ…………………………どのへんから…………聞いて、ました？」

「ん？　あー……『参考にするね』ってとこから」

嘘だ。

馴れ初めの話をしていたあたりから、全部聞いていた。

初えっちの話に、聞き入ってました。

「そ、そうですか……ほっ……」

俺の答えを聞いたあやせは、安心したように息を吐く。

「二人で、なんの話をしてたんだ？」

「た、たいしたことじゃないです……あはは」

焦ってごまかすあやせが、可愛いったらありゃしねえ。

そんな俺を、加奈子が蔑むように半目で見ているが、嘘を見抜いているのだろうか。

もしくは……ってか、さっきからあやせが、『俺のへたれエピソード』を加奈子に披露しまくったせいだろコレ。

まぁ、コイツに蔑まれてるのは最初からだから、いいけど。

「彼氏クンさー」

ビーチチェアに座って足を組み、不良グループのボスみたいな態度で加奈子は言う。

「前、どっかで会ったっけ？」

「そりゃ、夏コミの――」

「ばっか、その前に、だよ。加奈子ってぇ、キョーミない人のカオとか覚えねーからぁ。忘れてっかもしんなくてさー。――でもぉ、ダチの彼氏なら、キョーミあるじゃん？」

「か、加奈子！」

慌てて加奈子の口を塞ぎにかかるあやせ。

完全にテンパってんな。とても隠し事などできそうにない。なら――

「いいや、夏コミで会ったのが『はじめまして』、だと思うぜ」

俺が、しっかりしておかなきゃな。後々バラしたときに文句を言われるだろうが、あやせの思うとおりにさせてやりたかった。

加奈子は半目のまま「ふぅん」と呟く。

まだ、疑いが残っている感じだ。

「……あんた……京介、だっけ？」

「ああ、改めてよろしくな」

「おー」

鷹揚に片手を挙げる。彼女はそれから「んー」と、しばし何やら考えて、

「なぁ、京介ぇ」

と、馴れ馴れしく俺の名を呼んだ。

瞬間、あやせの手が素早く動き、

「むぐぇ」

加奈子の頬がモチのように、ぐにょーんと伸びた。

「あ、あにすんだテメー！」

「え？　人の彼氏を下の名前で呼ぶから、死にたいのかなって」

「じゃーなんて呼びゃいいんだよ！」

「名字で呼べばいいじゃない――たとえば、高坂さん、とか」

「あ？　高坂？」

ばっ、あやせオマエ……！

「あっ……」

しまった、とばかりに己の口を押さえるあやせ。

だが、もちろん時はすでに遅く――

「……へぇ～」

加奈子の口が、三日月型につり上がった。

「彼氏クンの名前、高坂京介ってゆーんだぁ……」

「か、加奈子？　これはね？　その……」

「桐乃と同じ名字じゃーん。あやせの親友の高坂桐乃と、同じ名字じゃーん」

「あ……あぁ……」

さっと青ざめ、震えるあやせ。すると加奈子はさらに調子に乗って、

「なぁあやせ。これってよー、どーゆーこと？　もしかしてさぁ………あれ？　なんで加奈子の首に手をかけてんの？」

「ちょっと待てあやせ！　なにをするつもりだ！」

「で、でも……余計なことを言われたら困っちゃいますし、立場を分からせないと」

「公共のビーチだから！　穏便に頼む……！」

俺の彼女、いちいち言動がおっかねえんだよな。

数秒前まで楽しそうに友達をイジろうとしていた加奈子も、さすがに真っ青だ。

「あたし、なんでおめーの友達やってんだろ……」

「え……好きだから？」

「………いー度胸してるわ」

はぁ、と息を吐いて、

「桐乃の兄貴なんだろ？」

俺とあやせは、一秒にも満たない時間、顔を見合わせ――

「うん」

「そうだ」

揃って認めた。

俺は、これまで色々あって――加奈子のことを、少しは知っているつもりだ。

口が悪くて、アホで、ムカつくクソガキじゃあああるが。

桐乃の友達だ。

あやせの友達だ。

そして俺も……相手に認識されていなかろうが……友達……のように思っている。

つまり、だな。あんまり認めたくないんだが、こいつはいいやつなんだよ。

だからあやせ、おまえも分かっているんだろう？

加奈子なら、きっと大丈夫だ、ってさ。

「…………………………………」

俺たちの返事を聞いた加奈子は、しばらく黙っていた。

彼女の予想した通りだったはずなのに、少なからぬ動揺が見える。

「……マジかぁ～。……ほんとに、桐乃の兄貴だったのかよ」

「うん、本当に、桐乃のお兄さん」

あやせは不自然な加奈子の態度を『当然』のように受け止めて、儚げに微笑む。

「わたしは、桐乃のお兄さんと、お付き合いしているの」

「そっかー…………あの、桐乃の兄貴とねえ…………」

俺だけが、事態を把握していなかった。

「な、なあ？　俺が桐乃の兄貴だと……なんかあるのか？」

「あるっつか……なぁ、あやせ。これ言っていいやつ？」

ちら、と加奈子はあやせに確認を取る。

「お兄さん。桐乃は……学校で、お兄さんの話をすることがあるんですよ……最近は、特に」

「は？　嘘だろ？」

桐乃が……学校で、俺の話を？

なんで？　友達を家に呼ぶとき、俺を隠そうとしたくせに！

「あ、悪口とか？」

「それもあります。というか、悪口のような、そうじゃないような……」

あやせは、説明し辛そうにしている。

なんだそりゃ。よく分からんが、イラつく話だな。

ぐぬぬ……桐乃のヤツ、どんな俺の悪口を言いふらしてやがる。

やめてくんねーかなマジで、そういうの、へこむからさあ。

と、そこで、もどかしげに加奈子が声を張り上げる。

「そういうことならよー、加奈子に口止めとかいらねーから。『桐乃の兄貴とあやせが付き合ってる』のを桐乃にバラすとか、金もらってもやりたくね〜〜〜。だってそれ言ったとき、一番そばにいんの加奈子じゃん！　無理無理無理無理、ぜってー無理。ごめんだね。学校の連中も同じこと言うっての」

「安心して、来月になったら、自分で言うから」

「言う前に、クラスのみんなに連絡回せよな。絶対学校で言うなよな。放課後、どっかに呼び出して言えよな」

「分かってる。そうする」

「んー……じゃあ……いいけどよー」

……な、なんなのこのやり取り？

桐乃を不発弾のように言いやがって。まったく意味が分からねえぞ……。

加奈子は似合わない難しい顔で「むぅ……」とうなり、俺を見上げ、

「高坂さん」

そう呼んで、

「あやせのこと、マジで頼むわ。ダチなんだ」

「任せとけ。ぜってー幸せにしてみせる」

本気で応えた。本気の頼みには、本気で応えるべきだからだ。

彼女は「くっさ」と笑ったが、

「ひひ──だってよ。よかったな、あやせ」

「も、もぉっ……加奈子ったら……」

なんとなく、あやせを通して、分かり合えたような気がしたよ。

ちなみに、俺たちが加奈子と別れるまで、宮本さんはトイレから戻ってこなかった。

■ore no imouto ga
konnani kawaii
wake ga nai⑭
ayase if
第三章

俺があやせと海に行った翌日。

この日は、哀しいかな『あやせと会わない日』だったので、俺は一日中、受験勉強に没頭する腹づもりだった。ところが、その予定が狂う出来事が起こったのである。

昼食後、兄妹揃ってリビングで食休みをしていると、インターホンが鳴って、

『ちーっす』

加奈子が、高坂家にやってきた。

「あ、加奈子だ。今日約束してたっけ？」

『おーす桐乃。約束なんかしてねーぞ。とりま中入れてよ』

「はいはい……まったくもー」

インターホンのモニタ越しに対応した桐乃が、ぱたぱたと急ぎ足で玄関へと向かう。

同級生へ向ける態度は、まったくもって柔らかなもんだ。

そんな妹は、ちらりと俺の方に振り返り、しっしっと手で『上の階』を示す。

「友達来たから。消えててよ」

「おまえな……いくらなんでも……もう少し言い方あるだろ……」

「うっさい。十秒以内ね」

「……へいへい」

ったく……兄貴にも、あの半分くらいの丁寧さで対応してくれたらいいんだが。

妹の尻を、リビングのソファから見送った俺は、よっこらしょと立ち上がり、自分の部屋へと戻っていく。階段を上りながら、はてと首をひねった。

「加奈子ねえ……」

昨日、海で遭遇したばかりのあいつが、約束なしでうちに来るとは……。

つい勘ぐってしまう。

ただ、桐乃と遊びに来ただけか……？　それとも……。

――『桐乃の兄貴とあやせが付き合ってる』のを桐乃にバラすとか、金もらってもやりたくね～～～。

……よく分からんが、そう言っていたしな。

まあ、秘密をバラされる心配はいらんだろう。

考えをまとめた俺は、受験勉強の続きをするべく、止まっていた足を踏み出す。

と――

「ちょっと！」

暴君の声が俺を呼び止めた。

階下に向かって振り向くと、腕を組んだ桐乃が、俺を見上げている。

……あん？　桐乃のやつ、なに怒ってるんだ……？

「あんた、加奈子になにしたわけ？」

「は？」

意味不明だから、もう一度言ってくれ。

短い発声で意図を伝えると、桐乃は口元をへの字にした渋い顔で、

「加奈子……あたしじゃなくて、あんたに会いに来たんだって」

「……マジかよ」

どうやら、面倒なことになりそうだった。

リビングに出戻った俺は、そこで加奈子と対面した。

ツインテールの小柄な美少女が、意地悪そうな顔で俺を見ている。

「よ、京介」

と、ヤツは馴れ馴れしく片手を挙げて挨拶してきた。

「…………………」

どういうつもりだ、という思いを込めて、無言で睨んでやるが、彼女は意にも介さずヘラヘラしたままだ。

そして桐乃は、そんなやり取りを、じっと腕を組んで見つめている――。

なんとも妙な状況だった。

この雰囲気を一言で表すなら、不穏。

なにか、大きな揉め事が起こりつつある――そんな空気。

美少女二人に挟まれるという形だが、さすがに羨ましいと思うヤツはいないだろう。

「どういうこと？」

と、低い声で桐乃が問う。

そう言われてもな。……俺自身、事態を把握できていない。

考えをまとめるためにも、脳内でおさらいをしておこう。

まず、桐乃についてだが……。

俺と加奈子の関係について、『家に加奈子を連れてきたときに、ちらっと兄貴を見られた』

……その程度の認識のはずだ。

だから桐乃にとって、『加奈子が俺に会いに来た』という状況は、マジで意味が分からないってわけだ。

普段、学校の友達に対しては『家での態度を見せない』桐乃が、俺にキツめの態度を取ってしまうのも、その混乱ゆえ――

「ちっ、なんか言えっての。なんで加奈子がアンタに会いに来るわけ？　いつの間にあたしの友達と知り合いになってんの？　マジキモいんですけど」

――いや、さすがにひどくね？　言いたい放題にもほどがあるだろ。

いつもの俺なら言い返しているだろうが、いまは非常事態だ。それどころじゃない。

「きひひ、ずいぶん妹にキラわれてるみてーじゃん、京介ぇ」

キバを見せて笑う加奈子。まるでイジメっ子みたいな口調だった。

「…………」

俺は加奈子に視線を向けつつ、依然として沈黙を保っている。

正直、どう反応したものか、決めかねていたのだ。

加奈子と俺の関係について、おさらいをしよう――

来栖加奈子にとっての俺――高坂京介は、桐乃の兄で、あやせの彼氏だ。

ここまでは昨日、海で遭遇したとき、加奈子に知られてしまっている。

そして、もうひとつ。

俺は、色々と事情があって……変装をし、身分を隠し、アイドル事務所のマネージャー『赤城浩平（偽名）』として、加奈子と会ったことがある。

この件について、加奈子にバレているかは現状不明だが――

ことは『桐乃のオタク趣味』に深く関わってくる。

バレていないなら、バレるような言動はマズい。

とまぁ、おさらいと思考整理が終了。

さて……

「おーい、京介ぇ。あんだよそのつれねー反応はよー。あたしとおまえの仲だろー？」

――この馴れ馴れしいクソガキを、どうしたもんか。

背伸びをして俺の肩に手を回そうとしてくる加奈子から、すげなく距離を取って、

「どんな仲だよ」

「どんな仲がいい？」

「妹の友達……だよな？」

「ん？　そんだけ？」

わざとらしく『あざとい』ポーズで、面白そうに見上げてくる。

好みの女の子にやられたら、内心悶えていたかもしれない。

「俺に用があるって？　なんだ？　桐乃のことか？」

つとめて無難に話を進めていく。

「用の前にさー。加奈子と京介の関係について、桐乃に説明した方がよくね？」

「おま……ッ」

おい加奈子、マジでどういうつもりなんだよ!?

まるで『俺と付き合っていて』、『それを桐乃に報告しに来た』ような言い草じゃねえか！

どん！　と、桐乃がイラ立たしげに床を鳴らす。

「うっざ！　早く話進めろっての！」

「へいへーい。ひひー」

加奈子は、桐乃の怒りに怯むことなく、むしろ面白そうに笑い——

「実は加奈子ぉ、桐乃のいないとこで、京介と知り合ってさあ——あ、そんときは、桐乃の兄貴だとはぜんぜん分からなかったんだけどぉ」

「は？　あたしのいないとこで、こいつと知り合ったって——どういうコト？」

「前にさー、シゴトでアキバ行ったんだケドよ〜、あたしが困ってってトキに助けられたっつーかぁ。まー、そんなカンジ？」

あ、こいつ、俺が『あの時のマネージャー』だって分かってるな。

ただ加奈子は、『俺との出会い方』について、正しいニュアンスで伝えなかった。

「……ふぅん」

桐乃は、それに気付いていないようだ。自分もアキバについて、どでかい秘密があるもんだから、追及の手が弱くなっている。

「あたしの兄貴だって、分かんなかったのはなんで？　うちに遊びに来たとき、顔見たじゃん」

「桐乃の兄貴の顔とか、キョーミなかったし。そっこー忘れたっつーの」

「あ、そ。……で？」

「つい最近、『京介って、実は桐乃の兄貴だったんじゃね？』って気付いてさあ」

実際は、あやせが自爆して加奈子にバレたわけだが。

加奈子は、ニヤニヤとこう続けた。

「ほいでこの前、桐乃がガッコで、自分の兄貴の話とかしてたじゃん？」

「か、加奈子！　いまその話は……っ！」

桐乃が慌てて加奈子を止めている。

俺は、がっくりと肩を落とした。

「……いったいオマエは学校で俺のどんな悪口を広めてるんだよ」

「はあ⁉　な、ななな、なんだっていいでしょ！」

安定の逆ギレである。

「あたしの話はどうでもいいっての！　そ、それでっ？　どうして加奈子は、うちに来たわけっ？」

「『桐乃の兄貴』にキョーミ出たから。桐乃のいないとこで、京介と知り合った――って言ったじゃん？　そんとき世話んなったんだよ。――なっ？」

と、加奈子が、馴れ馴れしく俺に振ってくる。

ここで否定してもどうしようもない。俺は頷いた。

「俺、世話なんてしたか？　たいしたことはしてねえと思うが……」

「謙遜すんなヨ。その若さにしちゃ、なかなか使えるヤツだったぜ」

「そりゃどーも」

なぜ俺に先輩風を吹かす……？

どんだけ上からなんだ加奈子のやつめ。

俺は、桐乃の前で加奈子の主張を認める。

「てわけで、知り合ったってのは本当だ」

「むう……あたしの友達と勝手に知り合わないでよキモい」

この野郎。相変わらず理不尽な言い草だな。どうしろってんだ。そもそも加奈子と知り合ったのも、元を正せば、桐乃のせいだってのに。

「ふん」

と、桐乃は不機嫌にそっぽを向く。

それから、ちらりと加奈子を見て、唇を尖らせた。

「加奈子さあ……興味が出たから――コイツに会いに来た、って？」

「オウ」

「なら用は済んだっしょ。帰れば？」

「おいおい今日の桐乃、あたしに冷たくねー？」

「友達をコイツに会わせるとか、普通にイヤだし、早く終わらせたいし。つか加奈子、あたしとどっか遊び行く？　そっちのがよくない？」

よっぽど俺と加奈子を引き離したいらしい。

ま、俺も今日は勉強してーし、さっさとこいつらがいなくなるなら願ったりだけど。

ところが加奈子は、大げさに首を横に振った。

「ばっか、まだこっちの用は途中だっつーの。最後まで話聞けっての」

「……はぁ……じゃ、言ってみ？」

桐乃がうんざりと促した。

加奈子は、行儀悪くソファに座り直し、嫌がっている相手に、堂々と語り始める。

「加奈子さァ～、昨日、宮本と海行ってぇ～」

「それは知ってるけど……話変わってない？」

「変わってね～って。――で、海行ったの。宮本が男欲しいっていうから。でもダメだったんだよぉ～宮本のせいでさぁ～。加奈子は超々可愛かったんだけどぉ～、宮本のせいでダメだったんだよぉ～」

「ランちん、電話では加奈子が悪いって言ってたけど？　『小学生の妹』を連れてるって思われて、男の人が寄ってこなかったってグチってたけど？」

「は？　ちげえし？　人のせいにしてんじゃねーよあのブス。普通に宮本のせいだっつーの。ちっとも声かけらんねーし。超可愛い加奈子がいんのに、ぜってーおかしいっしょコレぇ」

責任逃れ×2

ＪＣ同士の醜い押し付け合いであった。

桐乃は、慰めるような口調で、

「そ、そっか、ふたりとも彼氏できなかったんだ。残念だったね」

「おー」

むす、と、加奈子は短く肯定する。

「元々宮本の付き合いで行ったんだけどよー、ダメだったせいであたしもちょいムキになっちまってるつーか、引っ込みつかない？　そんな感じなんだヨ」

「ふ、ふーん。それで……うちの……きょ……兄貴に会いに来るのと、なんか関係あるの？」

「だからぁー」

加奈子は、『桐乃のヤツ物分かり悪りーなー』みたいな態度から一転、俺に向かって、元気いっぱいにシンプルな『用件』を口にする。

「京介、あたしと付き合えよ！」

「は？」

「はあ!?」

俺の困惑と、桐乃の大声が重なった。

「な――なに言ってんの加奈子！　まったく意味分かんないんだけど！」

「彼氏欲しいっつったべ？　だから彼氏作ろうと思って、とりま京介がいっかな～って」

「なんでコイツなの！」

「自分が世話になって、見どころあるヤツだって知ってたから。年上で背が高いから。桐乃から色々聞いてたから。顔もキョヨーはんい？　だから。スーツが似合うから。そんでもって、加奈子の言うコトなんでも聞いてくれそうだから」

聞かれて即座に、ずらずらっと複数の回答を提示する加奈子。

桐乃は、うっ……と、仰け反って、

「い、色々あるみたいだけど！　――そ、そう！　す――好きだから、付き合って欲しいわけじゃないいんだ？」

「いやいや、好きだから付き合って欲しいんだけど？　そー言ったべ？」

「言ってない！」

「はあ～？　言っててっし」

加奈子的には、いまの説明で『相手の男が好き』ということになるらしい。

よく分からん話だった。俺は、目を細めて加奈子を見やる。

そもそもだ。

「加奈子……おまえって……俺のこと好きなの？」

「おう！　好き好きー、付き合おうぜ！」

即答してくる態度は愛らしく、素直に嬉しい気持ちになる。

なる、の、だが……。複数の理由で解せない。

まずひとつめ。

「おまえの説明を聞いてると……恋愛っぽい感じがしないんだが」

「あ～ん？　恋愛っぽい感じって、なによ？」

「そりゃあ……もっと……こう……こういうときにドキッとした……とか……ときめいた、とか……告白っていうのは……もっと……もっと……」


——お兄さんは……大ウソ吐きです。

——ウソ吐きで、エッチで、シスコンで、バカで、変態で……

——なのに……いつも優しくて……

——わたし……わたしね……自分でも、どうしてこんなことになったのか分からないんですけど……


——お兄さんのことが……好きです。

——こういう感じなんだよ！　恋愛っぽい告白ってのはよぉ〜〜〜！

それと比べて加奈子のはなに？

『遊びに行こうぜ！』みたいなノリじゃん！

俺、その告白じゃときめかねえわ！

俺の言葉になり切らない主張を見た加奈子は、思いっきりバカにした顔で、

「ぷっｗｗｗｗ」

「おい！　なに笑ってんだ！」

「いやぁ……だって、おめーが、いい歳こいて『ドキッとした』とか『ときめいた』とか、言い出すからよぉ〜。超ウケる。ひひひ、恋愛マンガかっつーの」

「なッ！」

俺の顔が、かぁっと熱くなる。

「わ、悪かったな！　マンガみてーな恋愛観でよ！」

「別に悪かねーよ？　むしろ笑って悪かったよ。重い恋愛が好きなやつだっているわなー。ださあ、恋愛マンガとかってよー、くっつきそうでくっつかねーみたいなのが長く続くじゃん？　ひひっ、そこが面白いんだろうけどよー」

加奈子は言った。

「あたし、自分で恋愛するトキは、そーしたくねーの」

チョッピリ誇らしげに、少年のように鼻をかいて。

「はっきりしねーのキライなんだよねぇ～。もどかシーっつーか、なんもしないでいたら、どんどん悪い方に向かっていくよーな気がするからさァ～～～。だからあたし、好きなヤツがいるんならよー、さっさと好きって言って、さっさと付き合えばいいと思うんだよなァ～～。初めて会ったトキからあんま経ってねーとか、告白が軽いとか、しらねーわってカンジ」

アホみたいな喋り方なのに、不思議と『そうかもしれない』って、思わされてしまう。

加奈子には、そういうところがあった。

「…………………」

「…………………」

俺は、黙って加奈子の言い分を聞いていた。

桐乃も、唇を噛んで黙っていた。

さらに数十秒の間があってから、俺は口を開く。

「じゃあ、はっきり答えるけど」

「あっ、待った待った」

断りの台詞を言おうとした俺を、加奈子は手を前に出して止める。

「急かすようなこと言っといて悪りーけどさあ。返事すんの、もーちょい待ってくんね？」

「……なんでだ？」

俺が断ることくらい、分かっているだろうに。

これがふたつめの疑問だ。

俺に好きな人がいて、付き合っている相手がいて、ラブラブだって——加奈子は、昨日、自分の目で見て、知っているんだから。

なのに告白してくるもんだから……てっきり。

彼女のいる俺のことが、それでも好きで、けじめを付けるために、振られるために、あえて告白しに来た——そんなふうに納得しかけていたのに。

ここで止めるってことは、違うのか？

俺の疑問に、加奈子はこう答えた。

「今日一日だけ、あたしに付き合えヨ。それで落としてやっからさ。告白の返事は、帰る前に聞くわ」

「一日も付き合えない、って断ったら？」

加奈子は、ぎゃはっ、と下品に笑った。

「断れねーだろ？」

「そうだな」

諦め混じりに言った。

──『桐乃の兄貴とあやせが付き合ってる』のを桐乃にバラすとか、金もらってもやりたくね～～～。


このぶんじゃあ、昨日のやり取りは、もうあまりアテにならない。

もしもここで断ったら。

今日の加奈子は、あやせの望まぬ形で、秘密を桐乃にぶちまけるかもしれない。

「おまえが何を考えているのか、正直さっぱり分からねえよ」

俺のことを好きっていうのも、どこまで本当か。

「っへへー、あたしってぇ、ミステリアスな美女だろぉ？」

「はいはい。ミステリアスな加奈子様が、何をお考えになってるのか──分からんままにしておくのが怖いから、付き合うよ。一日だけな」

「そーこなくっちゃ」

悪巧みが成功したぜ、みたいなノリではしゃぐ加奈子。

彼女は、俺の服をぐいっと引っ張って、

「んじゃ、さっそく京介の部屋行くべ」

「加奈子！」

いままで黙っていた桐乃が、我慢の限界とばかりに大声を張り上げた。

「勝手に話進めないでくんない？　あたし、ぜんぜん納得してないんだけど！」

「おー怖。ひひ、桐乃ってぇ、そんな顔することあんのな？」

「はあ？」

「兄貴が、自分の友達と付き合うの、そんなにイヤなん？」

「イヤに決まってんじゃん！」

「なんで？」

「なんで……って……ほ、ホラ！　キモい兄貴と付き合う子が可哀想だし……別れたとき、あたしが友達と気まずくなるかもだし」

「あたしは大丈夫だぞ。もし京介と付き合って、最悪の彼氏でした――とか、別れました――とかなっても、桐乃のせいにしたりしねー。自分で決めたことだしな」

「…………加奈子は……そうかもね」

「だべ？　じゃ、問題ねーな？」

「ある！」

再び食い付いてくる桐乃。

よっぽど……よっぽど自分の友達が、俺とくっつくのが我慢ならないらしい。

俺も嫌われたもんだな。

今回、意味不明な加奈子の行動であったが……先にこれを見ることができたのは、ありがたかったかもしれない。

俺とあやせが付き合っていることを知ったら、桐乃は同じように――いや、これ以上に強く反対するだろうからだ。

「……まだあんの？　なによ？」

加奈子が、やや引き気味に問うと、桐乃はもごもごと言葉をさまよわせる。

「えっと……その……そう！」

俺をビシリと指さして、

「コッ、こいつがシスコンだから……！」

「シスコンだからなんなんだよ」

「し、シスコンだから……あたしが許可してあげないと、こいつは誰とも付き合ったりできないの！」

無茶苦茶言いやがる。桐乃の言い分には、まったく理屈が通っていない。

どうしてそこまで――

加奈子に彼氏ができるのがイヤなのか。

友達が兄貴と付き合うのがイヤなのか。

それとも――――…………

俺に彼女ができるのがイヤなのか。

いや、いや、さすがに最後のはない。有り得ない。

俺もエロゲに毒されすぎだな。お兄ちゃんが大好きすぎて、誰にも渡したくないブラコン妹なんて――現実には、存在するはずもないのだから。

だとしたら何故……と、再び思考が堂々巡りをしてしまう。

ふと気付くと、加奈子が俺の目を、じっと覗き込んでいた。

「…………………………」

まるで、何を考えているのか、見通そうとでもしているかのように。

彼女は続いて、桐乃を見た。

俺の妹は、無茶苦茶な発言を自覚しているのか、真っ赤な顔で汗をかいている。

「…………………………」

加奈子は観察するように目を細め、無言のまま、俺と桐乃とを、交互に見る。

それを数度繰り返し、やがて処置なしとばかりに息を吐く。

「重症だな、こりゃ」

「どういうイミ！」

桐乃は、吠えるように発声する。

「分かんねーのが重症なんだっつーの。桐乃ってよー、ガッコじゃあんなにちゃんとしてんのに、家じゃぜんぜんちゃんとしてねーのな」

「なにそれ……加奈子が言ってること、ちっとも分かんない……」

「桐乃さあ、そもそもなんで自分がキレてんのか、自分で説明できねーんじゃねーの？　ちゃんとアタマん中で整理できてっか？」

「…………………」

桐乃は、はっ、と目を大きくして、加奈子を睨む。

図星だった――とでも言うかのように。

「そら見ろばーか」

そんな桐乃を、加奈子は嗤った。

「怒るなら、ちゃんと怒れよ――あたしみてーに。じゃねーとなんもできねーだろ？」

「……加奈子みたいに……って？」

「お手本見せてやろっか？　えーっと……あー、んー……」

加奈子は、迷うように頭を抱えていたが、やおら顔を上げて、

「ホントはこれ、言うつもりなかったんだけどよー」

「なに？」

「あやせ、彼氏できたんだよね」

ブッ！

加奈子のやつ！　いきなり言いやがった！

ど――どどど、どういうつもりだよ！

内心の混乱を、表情に出さないようにするだけで精一杯だ。

一方、桐乃は衝撃の事実を知らされて、

「……は？」

目が点になってしまっている。

「あやせが――……なんだって？」

「彼氏、できたんだってさ」

加奈子は、呆けている相手にも伝わるよう、ゆっくりと、もう一度、告げた。

桐乃は、目眩を堪えるような仕草で問い返す。

「あやせに、彼氏？」

「そう」

「聞いてないんですけど！　あたし、あやせからなんにも相談されてないんですけど！」

くわっ、と、加奈子を喰い殺す勢いで大声を出す桐乃。

加奈子は、慎重に後ずさりながら、

「あたしが知ったのも、たまたまだし。あやせ、本当は桐乃に、真っ先に打ち明けるつもりだったみてーだぜ」

「…………ふーん」

納得し切れていない不満そうな顔で、唇を尖らせる桐乃。

これは分かりやすい。

親友のあやせが、自分になにも言わず彼氏を作ったことで、不機嫌になっているのだ。

でもって彼氏がどんなやつなのか、心配になっているのだ。

どうやら、『自分の兄貴』がその彼氏だとは、思いもしていないらしい。

桐乃は加奈子に問う。

「……ねぇ……あやせに電話して、彼氏のこと、聞いてみてもいいと思う？」

「自分から言うつもりだったんだろーから、待っててやれよ。知らなかったふりしとけ」

加奈子は自分がバラしたくせに、そんなことを言う。

「んん……心配だなぁ……あやせ、初彼氏だし……」

「大丈夫じゃね？」

「なんでそんなこと分かんの？」

「だってさー、あたしが、どーしても彼氏欲しーってなったの、あやせの彼氏自慢がうぜーからだもん」

「あやせが、彼氏自慢？　……想像できない」

「マジでクッッソうぜーから桐乃も覚悟しとけよ。──っかー！　あー、思い出すだけでイライラする！　上から目線でマウント取りやがってよぉ～～～！　自分もちっと前まで彼氏いない歴＝年齢だったくせによぉ～～～！」

幼く可愛い顔を、悪者みたいに歪めて怒る加奈子。

「がー、くっそぉ～～～、思い出したらまたムカついてきたぁ！　あやせの野郎調子に乗りやがってよぉ～～～～！　あたしに初彼氏ができたら、ぜってー超自慢してやっかんな！　ザマ見ろブスってバカにしまくってやっかんな！　覚えてろ！　ぜってー百倍返しにしてやんよ！」

――怒るなら、ちゃんと怒れよ――

加奈子は、桐乃の前で、お手本を見せるかのように実践するのだった。

そして彼女は、がらっと笑顔で行動する。

「つーわけで、京介を彼氏にしてやることにしたってわけ」

なんで加奈子が、俺なんぞに告白してきたのかと思ったが。

すげー納得した。

確かに、俺を彼氏にすることができりゃあ、『あやせに勝った』と言えるわな。

大変分かりやすい。

ツッコみたい点が山ほどあるが――

ちゃんと怒って、行動している。

ただ、この行動原理は、あやせの彼氏が高坂京介であることを知っている相手にしか、伝わらないだろう。桐乃には、中途半端にしか伝わっていないだろう。

実際、桐乃は依然として『納得し切れない』ような顔でムスっとしている。

そんな級友に、加奈子は嘲弄するようにキバを見せる。

「ひひっ、なァ、桐乃ぉ。みんなにさんざん〝宝物〟を見せびらかしておいてよー、雑に扱って、その辺にほっぽっといたらよー、とられちゃってもしょーがねーよなー。そー思わね？」

「…………………」

桐乃は、唇を噛んで加奈子を睨む。

今度は、俺が理解できないやり取りだった。

わざとなのか、天然なのか、加奈子は二人を相手取っているのに、片方にしか分からないような話し方をしている。

「桐乃はさー、自分がなんで怒ってんのかくれー、分かっといた方がいーんじゃねーの？　手遅れんなってから後悔しても、あたし、バカにしてやることしかできねーよ？」

「加奈子」

「ん？」

首をかしげる加奈子に、桐乃は、表情の抜け落ちた真顔で言った。

「今日はもう帰って」

「えー、ダチの彼氏作りを邪魔すんの？」

「予定を狂わせちゃってゴメンだけど、もう帰って」

「…………………………………………。」

…………………………………。

意味深な沈黙が横たわった。

気まずい、重い、息苦しい空間が形成されている。

やがて、そんな中、

「へへっ、しゃーねーなー、予定変更だ」

加奈子は、あくまで軽薄に声を出す。

ヒラヒラと手を振る仕草で、

「今日んトコは帰るわ。そんかわし――京介」

「あん？」

「ウチまで送れよ。――そんくらいいーだろ？」

加奈子はニヤリとして、俺ではなく桐乃に向かって許可を求めた。

すると桐乃は、ぼそっと吐き捨てるように、

「……勝手にすれば？」

そうして俺は、加奈子と並んで歩いている。

高坂家から十分離れた。そう判断したところで、

「……どういうつもりだったんだ？」

と、俺は問うた。加奈子は韜晦するように、

「あ？　なにが？」

「今日のおまえの言動ぜんぶだよ」

加奈子が俺を連れ出したのは、二人で話す機会を作るためだろう。

桐乃のいるところじゃ、できない話もある。

加奈子は、すっと大人びた表情になった。彼女は口元を笑みの形にし、遠くを見ている。

「説明したろ？　桐乃の前でさ」

「あやせに彼氏自慢されてムカついたから、俺を彼氏にしてやるって？」

「そうそう。嘘なんかひとっつも吐いてねーぞ？」

『おまえのことが好き』なのも嘘じゃない——と、言外に伝えてくる。

……仮に、仮に……

ここで俺が、『おまえと付き合う』と言ったら。

こいつはどうするつもりなのだろう————？

俺は、かぶりを振って妄想を打ち消し、

「……それだけじゃないだろ」

「そーだな。それだけじゃねーな」

やっぱり。

「話せよ」

「やだ」

「なんで」

「あたしはさ」

と、加奈子は、俺の方を見ずに切り出した。

「桐乃のダチなんだよね」

「……ああ」

「そんで、あやせのダチなんだよね」

「…………」

「だから、こうすんのがいいと思ったの」

すべてを説明したぞ、と。

分かるだろ、と。

そう聞こえた。だが、俺には分からない。伝えられたのに、伝わっていない。

「そりゃ……どういう……」

「ほっといたら、あやせが自分でなんとかすんだろーなって。外堀埋めて、準備万端にしてよ。

来月んなって、桐乃に話して、あやせにとってい一感じに終わるんだろーよ。それってよー、なーんかもやっとすんだよ。だから、あたしが納得できるようにしたの。そんだけ」

きっと『俺に理解させせよう』という説明ではなかった。

「あやせが考えてるほど、あやせの思うとおりにゃならねーんじゃねーかなー。桐乃のダチで、もやっとしたの、あたしだけじゃねーと思うし。あたしは、こんくらいでいーかってなったけど、もっと突っ込んでくるバカがいるかもしんねー」

実際、なんとなくしか伝わってこなかった。

それでも。

加奈子なりに、友達のためにやっているのだろう。

よかれと思うことをしたのだろう。

それだけは、分かった。

「あたし、姉貴がいてさ」

加奈子は、独り言のように語っていく。

「妹のあたしはこんなんだけど、姉貴は、すげー、ちゃんとしててさ……まっとうな人でさ。だから、なんとかかんとか、姉妹やってられてるわけ。まあ、負担かけまくって申しわけねーなってカンジだけどよ」

んー……と、唸る。

　言いたいことを、脳内でまとめようとしているようだ。

「なんつーかさぁ……兄妹とか、姉妹とかってよー、どっちかだけでもちゃんとしてりゃあ、なんとかなるんじゃねーのかなぁ」

「…………………」

「おまえら、どっちもちゃんとしてねーんだよ。だから、どーにもなんねーんだよ。だから、お節介焼かれるんだよ」

　耳が痛い。

　そう、素直に感じた。

「あたし、すっげー嫌いな言葉があってぇ。言ったヤツ、ぶん殴りたくなるくらいムカつくんだけどよー」

「おまえがちゃんとしろよ。兄貴なんだから」

　親に言われたなら、余計なお世話だと腹が立ったろう。

　妹に言われたなら、ムキになって言い返していたかもしれない。

　加奈子に言われた俺は――「そうだよなあ」と、受け止めた。

「おまえの言ってること、半分以上分からなかった。けど、だから」

考えるわ、と、締めた。

加奈子が、なんとなくしか伝えなかったことを、分かるようにならなくては。

ちゃんとしなくっちゃあな。

「ここまででいーや」

加奈子が、脚を止めて言った。

ぽん、と俺の腹を、拳の底で一発殴って、

「あやせと別れたら言えよな。遊んでやっからよ」

加奈子は、正直言って、まったく俺の好みじゃない。

だけど、こいつと付き合ったら、きっと毎日楽しいだろう。

そう思った。

その日の夜。

俺の部屋に、桐乃がやってきた。

ドアを開けると、廊下に妹がポツンと立っており……ためらいがちにこう切り出す。

「…………人生相談……あるんだケド」

お決まりの台詞は――もう聞くことがないと思っていたものだ。

俺は少なからず動揺したが、表には出さず、ドアを開け広げる。

「とりあえず、入れよ」

「……うん」

桐乃が着ているのは、半袖の部屋着だ。初めて見るデザインだから、最近買ったものかもしれない。妹は、勧めてもいないうちから、俺のベッドに腰掛けて、気怠げな声を出す。

「あのさぁ……あたし、いまちょー悩んでて……聞いてくんない？」

桐乃の悩み、か。

「昼間、加奈子に言われたことか？」

もしくは……『あやせの彼氏』について、だろうか？

俺の心当たりはこのふたつだったのだが――どちらも違っていた。

桐乃は、首を横に振る。

「それとは別件。その……あたしの趣味、関連で」

桐乃の趣味について。

それは再び話すようになってからずっと、俺と桐乃とで、取り組んできた問題だ。

「言ってみな」

椅子に座って、桐乃と目線の高さを合わせる。

すると桐乃は、意外な名前を口にした。

「あやせがさ、明日……あたしと二人で、アキバに行きたいって」

あれ？　この話題、前にも聞いたぞ？

確か、俺とあやせが初めてアキバに行って、沙織と会った——その日の夜だ。

そう。あやせは、『勉強の成果』を試すべく、桐乃をアキバ行きに誘ったのだった。

やや混乱してきた俺は、桐乃に問う。

「前にも、んなこと言ってなかったか？　あやせからアキバ行こうって誘われて、裏があるんじゃねえかとか、なんとか」

「うん、あのときも、あやせとアキバ行ったんだけどさ」

そういえば、あれってどうなったんだろうな？

俺は、桐乃の話に耳を傾ける。

「あんまり、オタクっぽいとこには行かなかったんだよね。駅前とか軽く回って、アニメキャラのぬいぐるみとか買って、ちょっとカフェで話して……そんくらい」

オタクじゃない人と行く用の『超無難なアキバデート』だった。

ははあ……どうやらあやせは、『勉強の成果』を試すことができなかったらしいな。

仕方ない、といえば仕方ない。

俺が桐乃と同じ立場でも、そうするもの。

あやせが急に『アキバに行こう』とか言い出したら、怖えーもの。

『絶対裏があるに違いない』って勘ぐりまくるだろうし、連れて行く場所だって慎重に慎重を重ねて選ぶだろう。

いやごめん嘘吐いたわ。

同じ状況に立たされた俺は、あやせにエロゲショップ行きを提案して、みぞおち蹴られたわ。

腹をさすっている俺に、桐乃は言った。

「たぶんあやせ、あたしともっと……オタクっぽいところに行きたいみたい」

当たりだよ。やるじゃんか。

「あやせはさ……おまえの趣味に、歩み寄ろうとしてくれてるって、ことだろ？」

「そう、だと、思う」

「なら、その想いに応えてやったらどうだ？」

「…………大丈夫かな？」

「分からん」

あやせの意図を本人から聞いている俺でも、そう答えるしかない。

「だってさ、あやせの要望通りにしたら、あやせが怒るかもしれないもんな」

「そうなの！」

珍しいことに、俺と桐乃の意見は一致していた。

あやせには、そういうところがある。

「親友だからっていっても……親友だからこそ、あやせのことは知ってるし——全力でアキバを連れ回せるわけないいんだって！　だってあやせだもん！」

悩みを叫んだ桐乃は、そこから急に声のトーンを落とす。

「正直さ……あたしの趣味のことは、否定しないでくれてたらそれでいいんだけど。無理に理解してくれなくてもさ……親友だってことは、変わらないのに」

「気持ちは分かる」

本心だった。まさか俺が、ここまで桐乃を理解してやれる日が来るとは……。

別に感慨深くはねえけど。

「ただな、桐乃。あやせは、どうしても、なにがなんでも、おまえの趣味を理解したいんだと思うぜ」

「そう、なの、かな」

「ああ」

間違いないよ。だって本人から聞いたんだから。

で、ここからは俺の想像になっちまうが——

「あやせはさ。きっと、怖いんだ」

「怖い？　なにが？」

「おまえが、オタクの友達に取られちゃうんじゃないか——って」

「……黒猫とか、沙織とかのこと？」

「そう。自分の親友が、自分の知らないところで、自分の知らない連中と、友達になってて。そいつらと桐乃には、共通の趣味があって。なのに自分は、その趣味を理解できないでいる——それって、怖いだろ？」

「……そう、かも。……そっか……あたしがあやせの立場だったら……」

頭の中で『逆の立場』になったシミュレーションをしているのか、桐乃は、

「うん……うん……」

と、噛みしめるように頷いている。

やがて顔を上げて、ぽつりと言った。

「自分も、その趣味の話、できるようになろうって……一緒に楽しめるようになりたいって……そうなるかも」

今日の桐乃は、とても素直だ。

ワガママ放題でやかましい、俺の妹とは思えんほどに。

『あやせのこと』だから、なんだろうな。

そこまで想える親友がいるってのは、羨ましい。

温かな気持ちになる。

「兄貴」

「ん？」

「さんきゅ」

「あ、ああ……気にすんな」

びっくりした。俺にまで素直じゃん。

「あたしさ……あやせの気持ちに、応えて……みよ、かな」

「そうしろ。もし上手くいかなくて、喧嘩しちゃったら——仲直りすりゃいい。親友なんだろ？」

「うん！　あたし、もう一度あやせとアキバに行ってみる！」

桐乃は、すっきりした顔で立ち上がった。

それからビシッと俺を指さし、いつもの偉そうな声で——

「あんた、こっそり後ろから付いてきて！」

「なんでだよ！」

「ひとりじゃ怖いから！　あたしがあやせの制御に失敗しちゃったとき、すぐ出てきてフォローして！」

親友を禁断の破壊兵器みたいに言いやがって。

というか、

「怒ったあやせの前に出て行ったとして、俺はどう言い訳すりゃいいんだよ？」

「妹をストーカーしてたとか言えば？」

「もうちょいマシな理由にして！」

この野郎、ちっと殊勝な態度してんなと思ったら！

すぐにこの通りだよ！

ったく……やれやれ……しょうがねえな。

「分かったよ。付いてきゃいいんだろ？　言い訳は適当にこっちで考えとく」

「そ。じゃ、よろしくー」

肩の荷が下りた、とばかりに足取り軽く、桐乃は部屋から出て行った。

まったく俺ってやつは……そろそろシスコンって言われても否定できんぞ。


というわけで、翌日の秋葉原駅前だ。

現在、俺は桐乃とあやせの『アキバデート』を尾行中。

帽子を目深に被って簡易変装スタイル。

この件は、昨夜のうちにあやせにも報告し、共有済みだ。

よくよく考えてみると、言い訳なんかするよりも、あらかじめ本人に事情を説明しておけばいい。電話で『桐乃があやせの行動をどう思っているか』を話して聞かせると、あやせは大いに発憤していた。さながら甲子園決勝に臨む高校球児のように。

あやせにとって今日の『アキバデート』は、『オタクとしての桐乃』の心を開けるかどうかの分水嶺。重要きわまりないイベントなのであった。

二日連続で会えないのは哀しいが、彼女のためならそのくらい我慢するさ。

「…………………」

そういうわけで。

桐乃と並んで街を歩くあやせの顔には、緊張の色が濃い。

服装も、彼氏との初デートに負けないくらい、力が入っている。

「き、桐乃……今日は、わたしの我が儘に付き合ってもらっちゃって……ありがとうね？」

「そんなことないって。あたしもあやせと遊びたかったし。ほら、夏休みなのに、あんまり予定合わなかったじゃん？　だからちょーどよかった」

「うん……！」

改めて思う。あやせのやつ、桐乃のことが本当に好きなんだな。

彼氏としては複雑な気分だったが、桐乃の兄貴としては嬉しいし、ありがたい。

桐乃が、あやせの彼氏みたいなノリで言う。

「今日はどーする？　あたしが案内する感じでいい？」

「うん——桐乃の好きな場所、行ってみたい！」

「オッケー♪」

「あ、でも、あのね……」

「ん？」

「わたし、今日のために……秋葉原のこと、勉強してきたんだ」

おっ？　あやせのやつ、前回の失敗を糧に、攻め手を変えてきたのかな？

つまり、桐乃があやせに気を遣ってソフトな場所ばかりを案内してくれるもんだから。

勉強してきた、という体で『予習した場所』に向かう——そんな作戦。

そうだろうと思ったのだ、このときは。

俺の前で、あやせと桐乃の会話が続いている。

「あの……だから……わたしが選んだ場所にも、行ってみない？」

「へぇー、あやせがあたしに、アキバを案内してくれるの？」

桐乃は、いきがる初心者に対するうざいベテランみたいなノリになった。

——ふっ、アキバはあたしの庭なんだが？　知らない場所などないんだが？

——まぁ、でも、ここはね？　あやせの顔を立てて、案内されてあげるよ！

そんな心の声が聞こえる。

「案内なんていうとおこがましいけど……そのお店で買いたいものがあって……桐乃の意見も

聞けたらなあって……」

おや……？

あやせが、アキバで買い物とな？

なんだろう？　予習で行った範囲だと……マンガとかかな？

「あやせが、アキバで買い物⁉」

桐乃が、俺と同じ理由で驚いている。前情報がないぶん、俺よりも動揺しているようだ。

「わたしがこの街で買い物をするの、意外？」

「意外——ってか、何を買うのか想像付かない……は、はは、なんか楽しみになってきた！

先にそっち行こう！」

桐乃は快活に笑ったが。

妹よ、内心『なんか怖いなー』って思っているだろ？

超分かるぜ……その気持ち……。

アキバの街を闊歩するあやせは、聖域に侵入した悪魔めいている。

異物感がすごい。

「じゃあ、桐乃——わたしに付いてきて！　こっち！」

「う、うん……」

あやせに導かれ、桐乃はおずおずと後を付いて歩いていく。

どっちがアキバ初心者なのか、分かりゃしねえな。

二人が向かったのは、駅からさほど離れていない場所にある、小さな電気店だ。

『昭和の電気街』の趣を、わずかながらも残すその店構えは、まるでタイムスリップしたかのようなノスタルジィを喚び起こす。この俺は、昭和の秋葉原になど、行ったこともないのにだ。

そんな異世界めいた場所に、あやせが堂々と入っていくものだから。

妙なおかしみがあって、つい笑い声が漏れてしまう。

おっとと、いかんいかん。こっそり尾行しているという立場を、忘れるところだった。

店は狭い。見つからないよう近づくのは、難しい。

まぁ、俺が付いてきていることを二人とも知っているわけだが……

桐乃からは、『あやせにバレないように』とオーダーされているしな。

あからさまにバレバレな動きはできない。

俺は店内に滑り込むや、二人の話し声がぎりぎり聞こえる距離で、様子をうかがう。

桐乃が、店内を興味深そうに見回しながら言った。

「……ここが、あやせが行きたかった……お店？」

「うん！」

「このお店で……何を買うの？」

マジで分からんよな！

いやあ～、珍しく桐乃と意見が合うなあ！

だって見てくれよこの品揃え。

用途不明の機械部品だの、見覚えのない規格のケーブルだの、双眼鏡だの、ライトだの、ドローンだの……。

ごちゃごちゃしているという印象しかない。

女子中学生であるあやせが、この店になんの用があるというのか？

俺も桐乃も、さっぱり理解できないのであった。

困惑する俺たちの前で、あやせが迷わず手に取ったのは――

「あのね、わたしが見たかったのは、これ」

「……な、なにそれ？」

「監視カメラだよ！」

あやせは誇らしげに言った。

ツッコミを辛うじて堪えきった俺を、誰か褒めてくれ。

それかよ！　ツ……それかよぉ～～～～～～～～！

確かにおまえ、興味持ってたもんなあ！

アキバなら品揃えがいいし見に行きたいよなあ！

分かる！　でもいいのかあやせ？　肝心の桐乃が、

「……………へ、へぇ～…………………………………………監視カメラかぁ……」

めっちゃくちゃ引いてるぞ！

「あ、あやせ……あのさ……」

「ん？　なに？」

「その……それ……なんに使うの？」

「設置するんだよ？」

桐乃が聞いてるのは、そういうことじゃねえよ。

こんな気持ち、桐乃が初オフ会に参加したとき以来だぜ……。

「……あの……いや……そうじゃなくて……あやせ……あのね？　その、なんていうか……」

「？」

俺の妹の状況が辛すぎて、心が苦しい。

妹なんざ大ッ嫌いだが……おまえは頑張ったよ、って、慰めてやりたい。

「どっ……どこに……仕掛けるの？」

「えへへ……秘密」

幸せそうに笑うあやせ。

これは怖い。桐乃の立場だったら、これは怖いぞ。

なんなんだよあやせ……予習の成果はどうしたん？

練習では……ここまでひどくなかったろう？

「ねぇねぇ桐乃！　カメラで捉えた映像を、このおっきなモニタでリアルタイムで見られるんだって！　うわあ鮮明！　あッ、ドローンカメラにも対応してるんだって！　ふふふ、最新技術って感じするねえ！」

「お、おう……すごいね」

今日の『アキバデート』は、桐乃の全力キモオタアタックに、あやせが耐えきれるかどうか――引かずにいられるかどうか。そういう話だと思っていたのに。

「あ、そうだ――お互いの部屋に設置しちゃう？」

「しないよ！」

なんで桐乃が引いてるんだよ。

おかしいだろ。

つが、彼氏だけじゃなくて親友相手にも同じ提案すんのな。

『メルアド交換しちゃう？』みたいなノリだけど、監視カメラを設置し合う関係など、この世に存在しねえから。

あやせの親愛の示し方が異常すぎる。

まあ、どうしても……どうしてもというなら……俺が付き合ってやるから！

俺だけにしとけ。

妹には手を出さないでくれ……！

「今日のあやせ、ヤバくない？」

「え〜、そうかな？」

「絶対ヤバいって。超キモいもん」

おまえらの会話もヤバくない？　ハラハラするわぁ。

「うー……桐乃ってば、ひどぉい……わたしは今日、桐乃に、絶対『気持ち悪い』って言わないようにしようって決めてたのに……」

「えー、だってキモいものはキモいもん」

おい桐乃、そんなこと言って大丈夫なの？　殺されない？

「それはあたしの正直な気持ちだから、嘘は言えないんだケド……」

桐乃は、言葉をよく選んで、ゆっくりと喋っているようだ。

「あやせが好きだっていうなら、バカにはしない」

どっかで聞いたような台詞だった。桐乃はさらに言葉を重ねる。

「あたしがされてイヤなことを、あやせにはしない」

「桐乃……」

「あー……その、監視カメラ？　なんに使うのかしんないケド、あやせ、楽しそうだしさ。それはそれで、いいんじゃない？」

寛容なお言葉だった。

自分の趣味に歩み寄ってもらえるなら、相手の趣味にも歩み寄ろう。

そんなふうに考えたのかもしれない。監視カメラがあやせの趣味なのかはしらんけども。

「もちろん悪用はダメだけどね。あたしの部屋に仕掛けるとか」

桐乃は冗談めかして付け加えたが、超本気で言っているんだろうなコレ。

「あはは、わたしも桐乃が嫌がることはしないよ。その……いま選んでるカメラはね……『桐乃じゃない人』に、使おうと思ってたの」

俺かな～？　……俺もイヤなんですけど～？

「そ、そっか……」

桐乃のやつ、あからさまにホッとしやがって。

いかん、別の意味でハラハラしてきたぜ……。

ハア……ハア……あやせめ……いったいどんなカ、カ、カメラで俺を狙うつもりなのか……。

額に冷や汗を貼り付けて見守る俺の前で、最終的な結論がくだされようとしている。

「それであやせ、どれを買うか決めたの？」

「うんっ、これにする！　すいませーん！　このトイドローンっていうのください！　配送ってお願いできますか？」

やめろや。

俺が、黒猫やら沙織やらの女友達と楽しく話しているとき、ふと背後に恐ろしい気配を感じ、振り向くとあやせが操作しているドローンが飛んでるんだろ。

ディストピアめいた未来がリアルに想像できてしまって、心臓が痛くなってきた。

店員から説明を受けたあやせが、空飛ぶ高坂京介監視マシン購入を断念した後、あやせと桐乃はまた別の店へと向かった。今度は、桐乃があやせを先導している。

「あやせ、次はあたしに付いてきて。順番に、行きたいとこ回ろ？」

「もちろんいいよ！」

俺は、適度に距離を空けて、女子中学生二人の後を尾けていく。

そんな俺は、傍から見たら変質者と変わらんだろう。

通報などされないよう、さりげなく尾行せねば。

さて。

並んで歩きながら、二人がどんな会話をしているのかというと……。

「あのさ……さっきも言ったケド、あやせの趣味がどんなにキモくたって、絶対嫌いになったりしない。ただ、どのくらいオープンにするかってのはまた別の話だよね」

「そう、なの……かな？　親友でも、全部は見せないの？」

「そう、全部は見せない。相手がイヤな思いするかもしんないから。あたしは、そうしてるし、そうしてきた」

「でも、桐乃……趣味の話はしたいんだよね？　友達と」

「もちろんそう、だけど、相手にイヤな思いをさせるくらいなら、しない。なんでもかんでも全部見せ合うのが親友――ってわけじゃないと思うんだ。相手と自分のために、あえて見せない、言わないってのもアリだと思う」

「…………、、、、、、、、」

あやせはうつむき、沈思している。

おそらく彼女が考えているのは……自分が桐乃にしている隠し事の件。

だけど桐乃からはそう見えない。自分の言葉で、落ち込ませてしまったと感じるだろう。

桐乃は、大きな身振りと明るい声で続けた。

「あのね、あやせ……いまああいうふうに言ったケド……自分のことを分かろうとしてくれるのって、すっごい嬉しいいし、たくさん見せ合えるなら、その方が楽しいってのもホント」

そうして俺の妹は、結論を口にする。

「だから――そのあたりはお互い、今日探っていこうよ」

「うん！」

そのために、今日、二人で、ここに来たんだものな。

なんだか、ヤバい趣味をお互い隠し持っているオタクカップルみたいな会話だったが、

――頑張れ、と、素直な気持ちで呟いた。

「あやせ、このお店！」

桐乃があやせを連れてきたのは、イミテーションの武器を扱う店だった。主に刀剣類がずらりとディスプレイされている。

桐乃が、黒猫や沙織と行く、普段の『アキバ巡り』ではあまり行かない場所だった。

果たしてどんな意図があったものか。

俺は、さりげなく会話を聞く。

「あたしも、あやせとアキバ行くなら、どこがいっかなーって色々考えてさ。『あたしが行きたかったところ』で、『あやせが楽しめそうなところ』がないかなって探してみたんだ」

「それで……ここに？」

あやせは、きょろきょろと店内を見回している。

その様子には、拒否感めいた色はない。

かといって、別段興味を引かれているようでもなかったが。

……ふーむ？　どういうつもりだ、桐乃のやつ。

――確かにあやせは、刃物が好きそうではあるけど。

あやせは『桐乃のオタク趣味を理解したい』わけで、その目的に適った場所とは言いがたいんじゃないか？　だっておまえ、剣とか刀とか、それほど好きじゃないだろ？

　当然あやせからは、この質問が飛んでくる。

「桐乃って……こういうのに興味あるの？」

「うん、最近ね」

　へえ、初耳だ。

「好きになったアニメに、刀剣の擬人化……あ、擬人化って分かる？」

「ううん、分からない」

　あやせが目をぱちくりして首を横に振ると、桐乃は、しばし言葉をさまよわせてから解説を始める。心から楽しそうに――

「剣とか刀とかが、女の子に変身するアニメがあってね！　ゲームが原作で『シスターブレイド』ってタイトルなんだけど、いまちょー人気なの！」

「……可愛い妹が出てくるの？」

「そうなの！　あやせもだんだん分かってきたね！」

　んなもん考えなくても分かるだろ。

　桐乃がアニメにハマったってんなら、そこには必ず妹キャラの存在があるに決まってる。

「薄緑ちゃんっていって、狩衣が似合う男装の剣士なんだけど！　それがも～あたしのドストライクで！　久々にテレビの前で吠えちゃった！　マジっ……ひっさびさに強力な推しキャラがきたよね！」

「そ、そうなんだ……」

先ほどの電気屋とは一転、あやせが桐乃の勢いに押されてしまっている。

どっちかというと、これが本来の関係だよな。

「おっとと……名残惜しいけど、推しキャラの話は本題じゃないんだった」

鼻息荒くオタトークをしていた桐乃は、そこでいったんブレーキを踏んで、こほんと咳払いをひとつ。それから改めて話し始めた。

「あたしがハマったのは男オタク向けのやつだけど、刀剣の擬人化作品って、女の子向けのも多いんだ。刀がかっこいい男の子になる――とか。ほら見て、このお店にもコミック版が売ってるでしょ」

「……あ」

……そうか、なるほど。

あやせも、俺も、ここで桐乃の意図に気付いた。

「オタク趣味を理解したいって思ってくれてるなら、まずは『女の子向け作品』からかなーって。あたしもまだ探求が浅い部分だしさ、一緒にスタートできる友達が欲しかったんだ」

「……わたしと桐乃で、同じゲームをやる……ってこと？」

「そう！　やってみない？」

桐乃のやつ、考えたな。

『あやせが忌避感を抱きにくそうな、女の子向けの作品』で、『桐乃自身も初心者である』コンテンツなら、同等の立場で、最初から、一緒に楽しむことができるって寸法だ。

桐乃とあやせが同じ作品にハマれるなら、あやせの悩みは、ほぼ解決する。

一緒にイベントに行ったり、一緒にアニメを観て盛り上がったり、できるようになるかもしれない。

そこまで首尾良く進まなくとも、たとえダメだったとしても、共通の思い出になるだろう。

趣味が合わずに仲良く喧嘩していた、誰かと誰かのように。

あやせも俺と同じように感じたのか、明るい声で首肯する。

「うん！　桐乃、一緒にやってみよう！」

あやせが、最初から笑顔でオタクコンテンツに触れるのって、これが初めてかもしれないな。

桐乃とあやせは、交互に『自分の行きたい場所』に相手を連れていく。

「今度はわたしの番だね！」

あやせが選んだアキバのスポットは——

「桐乃、武器？　が好きって言ってたから……わたしがチェックしてた、このお店がいいかなって」

ええと……なんと言えばいいのだろう？

確かに、さっき桐乃(きりの)が選んだ店とよく似ちゃあいる。

様々な武器？　が、陳列(ちんれつ)されているという意味ではな。

だが、

「いや……あやせ……あのさ……」

桐乃(きりの)のリアクションは微妙(びみょう)だった。一見すると懐中(かいちゅう)電灯のようにも見える商品を手に取り、おっかなびっくり箱(パッケージ)を矯(た)めつ眇(すが)めつしている。

商品側面には、1 Million Volt(一〇〇万ボルト)の表記。

「コレ武器っていうか、防犯グッズじゃない？」

「うん！　きっと桐乃(きりの)の好きなアニメにも、スタンガンちゃんとか出てくるんでしょ？」

「出てこないよ！」

「え？　じゃあ、グレアブラスターちゃんは？　ジップガンちゃんは？」

「出ないっ！　催涙(さいるい)スプレーちゃんも、セキュリティバトンちゃんも、ブラックジャックちゃんも出ないったら出ないっ！」

はぁ……はぁ……と、桐乃(きりの)はぐったり肩(かた)を上下させている。

おい……これは本当に女子中学生の会話か？

あやせの口から飛び出す単語が、いちいち物騒すぎるぞ。

「てかあやせ、なんでそんなに詳しいの……」

まったくだ。俺の彼女は殺し屋かよ。

「桐乃と、共通の話題が欲しくて……オタクっぽい言葉とか、勉強したんだよ？」

「…………う、うーん……オタクっぽい、とは、思うケド」

あやせのやつ、桐乃に歩み寄ろうとして、明後日の方向に向かってない？

今日のあやせは、言動がオタクっぽくなっているっつーか、ある意味オタクの素質が開花したみたいなキモさがあるが、桐乃からはドンドン遠ざかっているよーな気がする。

案の定、やや盛り下がった雰囲気で店を後にすることに。

「よしッ、じゃあ次はついに本番だよ！」

桐乃が、気を取り直すように快活な声を張り上げる。足取り軽く向かったのは、行きつけのアニメショップ。桐乃の愛する妹ゲーの広告が、でかでかとその存在を主張している。

こいつとしては、ここでオススメのマンガなりを紹介して、あやせに自分の趣味をより理解してもらおう。そんな腹づもりなのだろう。

第三者である俺から見ても、妥当な作戦だと思う。

桐乃は知らないだろうが、あやせが俺と予習していた展開でもあるから、かなり良い流れだといっていい。まず、上手くいくだろう。

さっきも言ったが、今日の桐乃は、よく考えて動いているな。

やるじゃないか桐乃。俺も、相談に乗った甲斐があるぜ。

と、俺は、やや緊張を緩めて成り行きを見守っていたのだが――

「見てあやせ、あのおっきな広告！　ほら、さっき話してたゲーム！　あたしがアニメ版にハマってるって言ったやつ！　あれがそうなんだよ！」

「えっ……あれが？」

「そう！」

桐乃が嬉しそうに広告を指さして笑う。

好きなものの話をするとき、俺の妹は一番魅力的な顔になる。

「どのキャラも超可愛くない!?　真ん中があたしの推しキャラの薄緑ちゃんなんだけど、その隣にいるのがそのお姉ちゃんでラブラブなのに敵対してて！　二人の関係がマジで深くてマジで熱くて、マジでマジで超～～尊いの！」

「そ、そうなんだ……」

アホ丸出しである。

鼻息を荒くして、キモオタ全開の桐乃。

その姿を微笑ましいって表現したら、シスコンって言われちまうかもな。

構うか。別にシスコンでいいよもう。

うちの妹は、あれでいいんだ。

オタクでキモくて、そんでもって一番可愛い。

「でも桐乃……あの広告、さすがに肌の露出が多すぎじゃない？」

「は？　ゲームのキャラですケド？」

「ゲームのキャラでもさ……破廉恥すぎるっていうか……あんなに目立つところに出していい広告なの？　子供も通る場所なのに……」

「え？　は？　は？　え？　なに言ってんのあやせ？　マジでなに言っちゃってんのあやせ？　可愛くていい広告じゃん？　あたしはそう思うケド？」

「ううん、ダメだと思う。あれはセクハラだよ桐乃。だってわたしが不快に感じたから」

「はぁぁ～～～～～～～～～～～～～～～～？」

あっ、目を離したスキに雲行きが怪しくなってる。

なーにやってんだアイツら。

桐乃とあやせは、店の前でいがみあう。

「あたしの好きなものにイキナリいちゃもん付けるとか、意味分かんないんだケド！　年齢制限のあるゲームでもないのに、なんで街に広告出しちゃいけないワケ？」

「嫌な思いをする人がいるなら、想像して、配慮するべきだと思う。それに、桐乃が言ったんじゃない。お互い、譲れない部分を探り合って行こうって」

「だとしてもいまここで言う話じゃなくない？　楽しいショッピングが終わってさ、一息ついたところで言えばいいじゃん！　そしたらもっと落ち着いて議論できたっしょ？」

「わたしは、いまそう感じたの。だからいま言うべきだと思ったの。後で議論したいなら、桐乃がそれまで怒るのを我慢すればいいだけじゃない？」

「違うって！　あたしが怒るようなことを、いま言わなきゃいいんだって！　あやせってほんっとガンコだよね！」

「桐乃こそ！」

ぎゃあぎゃあとわめく二人。

あー、あー、あー、あ～～～～もう。

桐乃は超早口でまくしたてるし、あやせは怖い声と真顔で威圧感を放つし……こんなときだが、怒り方にも性格って出るもんだと感心する。

怒りのポイントがだんだんズレていくあたり、桐乃と黒猫に通ずる喧嘩だが、こっそり付いてきている（ということになっている）俺は、止めてやることができない。

沙織もいない。どうしようもなかった。

だが、理解できないものに歩み寄ろうってんなら、ときに喧嘩になるのは当たり前——という考え方もできる。ぶつかり合って、喧嘩して、分かり合っていくのもいい。

悪くねー展開だよ。

後でちゃんと、仲直りすりゃあな。

「ショッピングは中止！　あやせ、カフェで続きするよ！」

喧嘩の続き。

……口喧嘩だよな？　物理的な意味じゃないよな……？


近場のカフェに入っていった二人を追うべく、数分空けて店へと入る。

一応、桐乃たちからは死角になっている席を選び、様子をうかがうことにした。

と、そこで携帯にメールが二件、同時に着信。


――あんた、ちゃんと付いてきてる？

――お兄さん、付いてきてくれていますか？


「へいへい。そばにいますよ、と」

返事を送って、溜息をひとつ。

……なんで俺が、こんな探偵みてーなことを……。

内心ぼやきながら、『喧嘩の続き』を見守る。

数分後……

「ごめん、桐乃。わたしが悪かったよ――」

「ううん、こっちこそごめん」

あっさりと仲直りする二人の姿があった。

「ったく、あいつら…………またかよ」

『ラブタッチ事件』のときといい、めちゃくちゃ簡単に仲直りすんのな。

もちろんいいことなんだろーが、いっつもこうなんだよなという思いもある。

さんざん人に心配させておいて――とか、泣きそうな顔で相談してくるくせに――とか、正直思う。

すぐに大喧嘩になって、すぐに仲直りして――

いい関係、なのだろう。

親友、という言葉が、自然と頭に浮かんだ。

店内には、なごやかな時間が流れている。

「ところでさ、あやせ」

「うん――なぁに、桐乃」

そんな緩やかな空気の中で、桐乃がそういえばと切り出した。

「彼氏、できたんだってね？」

「…………………………………」

世界のすべてが凍り付いたような沈黙。

あやせは、笑顔のまま凍結している。

桐乃は、少し気まずそうに頬をかいて、依然として穏やかに口を動かす。

「加奈子から、聞いたんだ。……ごめん……『自分から言うつもりだったんだろーから、待っててやれよ。知らなかったふりしとけ』とも言われたんだけど……やっぱり、気になっちゃって」

「……そう、だったんだ」

固い笑顔で、絞り出すような返事をするあやせ。

『加奈子が桐乃に、秘密をバラしてしまう』。

この可能性については、あやせも俺も、ありえると思っていたし、こういう展開も想定していた。だからこそ、あやせの動揺は、この程度で済んでいる——の、かもしれない。

「加奈子にからかわれたのかもしんないから、もう一度聞くね」

桐乃は、先の台詞を繰り返す。

「あやせ……彼氏、できたの？」

「……うん、彼氏、できたよ」

「そっか。おめでと」

「……………………。……………………ありがとう、桐乃」

大前提を言う。

あやせは、桐乃に、嘘を吐けない。

嘘が大嫌いで、親友のことが彼氏と同じくらい大好きな彼女は、桐乃に問い詰められれば、本当のことを話してしまうだろう。

それでもいいか、と、個人的には思う。

どうしてか、あやせは俺と付き合っていることを、桐乃に秘密にしておきたかったようだが。

結局あやせには、隠し事なんて向いていないんだ。

さっさとバラして、楽になっちまった方がいいんじゃないか——ってのが、俺の考え。

もちろん桐乃は、『加奈子が俺と付き合う』って宣言したときのように、あれ以上に、怒るだろうが。

仲直りすればいい。

ついさっきみたいにさ。

それでいいだろう。それがいいだろう。

そんな俺の思惑をよそに、桐乃とあやせの会話が進んでいく。

「……ごめんね、桐乃」

「なにが？」

「親友なのに、秘密にしてて」

「……あ、そっちか。うん、いいよ。あたしも自分に初彼氏ができたら――って考えるとさ、あやせには、すぐ言えないかもって思うし」

「なんで？　桐乃は彼氏ができたとき、わたしに教えてくれないの？」

「いやだって、なんか照れるし、言いにくいじゃん？　心の準備がいるんだって。つか、あたしが謝られる側だったのに、なんであやせがキレ気味なわけ？」

　それな。

　でも、よ～～～っく考えると、『あやせとしては不自然な態度じゃない』んだぜ、桐乃。

「……親友だから……秘密にされたら……怒るよ。わたしだったら、怒る。なのにわたし……桐乃に内緒にしてて……」

「はっは～ん、『自分がされたらイヤなこと、あたしにしちゃった』って？　それで落ち込んでんの？　もう、いいって言ったじゃん。それは許す。元気出してってば」

「桐乃……」

　なんでこいつら、すーぐ彼氏と彼女みたいな雰囲気出すんだろうね。

　あやせの彼氏は、桐乃じゃなくて俺なんだが。

「ねぇねぇ、それよりさ！」

桐乃は、にぃっ――と、笑って、あやせに真っ直ぐ顔を寄せる。

「彼氏って、どんな人？」

「……………優しい人、だよ。すごく、すごく」

あやせは、頬を赤らめて、ゆっくりと、そう答えた。

嘘なんてない。純粋な本音を、そのままの気持ちを伝えたのだ――と。

一目で分かる、表情。

そんな親友を間近で見つめていた桐乃は、

「そか」

と、だけ、言った。大きく頷き、静かな動作で座り直す。

それから、改めてあやせの顔をじっと見つめ、まるで自分の妹に対するように……

「なら、安心した。変な男だったら、やっつけてやるぞーって、そんくらいの気持ちだったから」

「……………桐乃……」

「へへ、なんかトラブったら、すぐあたしに言いなよ！　相談、乗るからさ！」

「……うん！」

場に、穏やかな沈黙が横たわった。

桐乃も、あやせも、微笑を浮かべたまま、なにも言わない。

まどろむような空気が、しばし続き、やがて桐乃が口を開く。

「ねぇ、あやせ。その……あたしも……相談して、いいかな？」

「え？　桐乃がわたしに……相談？　もちろんいいけど……なに？」

「実は……」

俺の妹は、ためらいがちに、こう切り出した。


「あたしもさ……気になるヤツ、いるんだ」


「「！」」

唐突な桐乃のカミングアウトに、俺とあやせは、まったく同じ反応をした。

あまりにも驚きすぎて、がたっと音を立ててしまう。

あやせなど、勢い余って席から立ち上がっている。

「それって——！　好きな人がいるってこと⁉」

「分かんない」

桐乃は、首を横に振った。

「……分かんない……って？」

「恋愛感情なのか……自分でも、分かんないの。だからコクるつもりとかもなくて。どうしたらいいのかも分からなくて……ずっと、迷ってる……迷って、た」

「…………………」

あやせは、己の胸を押さえた。下唇を噛んで、辛そうにしている。

桐乃は、その姿をどう受け止めたのか、自嘲するような声で、

「……へへ……あたし、自分で思ってるより、ずっと子供だったみたい」

「……桐乃……わたし…………………」

「ごめん……答え難いよね、こんな相談。いいんだ。あたしも、誰かに聞いて欲しかっただけだから」

ひひ、と、ごまかすように笑って、

「さ、あやせ！　気を取り直して、買い物の続きしよっか！」

桐乃とあやせのアキバデート後半戦。

残念ながら、前半ほど盛り上がることはなかった。

その日の夜。

俺は桐乃に呼び出され、妹の部屋にやってきていた。

「……相談があるんだケド」

桐乃の声には力がない。こいつが『人生相談』を大嫌いな兄貴に持ちかけてくるってことは、それだけ困っているのだろう。いつものことだが、だからこそ、真剣に聞いてやらねば。

　心当たりもあることだしな。

「……あやせのことなんだけど、さ」

　やはり、それか。

　俺は、妹の真向かいに座り、つとめて優しく促す。

「……話してみろよ」

「今日、アキバ行ったじゃん？　で、あんたに、付いてきてもらったじゃん？」

「ああ」

「……見てたなら、分かるでしょ？　あやせ、様子がおかしかったの」

「…………………」

　目をつむって思い出す。

　そう。

　あやせは、桐乃から相談を持ちかけられたあとから、ずっと様子がおかしかった。

　楽しくお喋りをしているときでも、ふと、哀しい顔になることがあった。

「あたし……嫌われちゃったのかな、って」

「ばっか、んなわけないだろ。おまえが、急に『好きなヤツがいる』とか言い出すから……それでだよ」

　ぶっちゃけるけど、あやせに負けず劣らず、俺の様子だっておかしかったわ。

「すッ――『好きなヤツがいる』なんて言ってないでしょ⁉」

「え？　言ってたろ？」

「言ってない！　『気になるヤツがいる』って言ったの！」

「どう違うんだよ？」

「ぜんぜん違うっ！　ばか！」

　桐乃は、かぁ、と赤面してムキになっている。

　……なんだってんだ。

　ったく……なんで相談に乗ってやってんのに、怒鳴られなきゃあならんのだ。

　理不尽すぎるぞ。

「あー……桐乃……おまえさ」

「…………なに？」

　むす、と、俺を見上げる。

　俺は、『桐乃の気になるヤツ』について聞こうとしたのだが。

「……いや、なんでもね」

「は？」

「ワリ……ほんとに、なんでもねぇんだ」

ううん……何故か、聞けん。ど～～しても、聞けん！

くっそ、めちゃくちゃ気になるっちゃなるんだが――

妹と恋バナなんて、できっかよ。こっ恥ずかしい。

「ふん……意味分かんない。バカじゃん？」

まったくだぜ、お互いにな。

はぁ……と、漏れた溜息は、兄妹どちらのものだったろう？

「なあ、桐乃。そんなに心配するなよ」

「……なんでそんなコト言えるワケ？」

相手の言っている意味が分からなかろうが、内心ぐちゃぐちゃだろうが、どんなにすれ違おうが、いつだって『正しい』と胸を張って言えることがある。

それがこれだ。

「あやせがおまえのことを嫌いになるなんて――あるわけないだろ？」

「分かってるよ」

桐乃は、素直に認め、うつむいた。

「ちょっと喧嘩したくらいで……すれ違っちゃったくらいで……あやせとの仲がどうにかなっちゃうなんて、あるわけない。それは分かってる。でも……」

「でも？」

「…………………」

黙り込んでしまった。

桐乃は、うつむいたまま、ぽつりとこぼす。

「……やっぱ、いい」

「え？」

「……あんたには、相談しない」

「な、なんでだよ。言いかけといてそりゃねーだろ」

自分の所業を棚に上げて食い下がるが、桐乃は余計にムキになって、

「いいから！　ほっといてよ！」

「ほっとけるか！」

真っ直ぐ、妹と目を合わせる。

「あのさ……あやせとの仲なら……俺がなんとかしてやるよ」

俺は、本心から妹を想って、この言葉を口にしたのだ。

「一年前のあのときみたいに。今度はもっとうまく、サクッと解決してやる」

それが、相手にどんな影響を及ぼすか、なんて、考えもせずに。

「だから心配するな。俺に任せろ」

桐乃が言いかけたことが、何だったのかは分からない。

でも、この悩みは楽に解決できるだろう。

桐乃の気持ちを、あやせにそのまま伝えればいい。

何の問題もないはずだ。

桐乃はあやせのことが大好きで——

あやせも桐乃のことが、大好きなんだから。

「あんたこそ、心配しないで」

妹は、目を伏せたまま、俺を見なかった。

「他のやつに、相談するから」

自分の気持ちを、最後まで、俺に教えてはくれなかった。

第四章
ore no imouto ga konnani kawaii wake ga nai ⑭
ayase if

翌日。俺は、あやせを近所の公園に呼び出した。

本当は、今日も二人で遊びに行く予定だったのだが、そんな気分にはなれない。

「どうしたんですか、お兄さん？」

あやせが、俺の顔を心配そうに覗き込む。

「そんな真剣な顔をして」

「ああ……いや、実はな」

俺は、重い声で切り出した。

「桐乃のことで、相談があるんだ」

「！　……聞かせてください」


俺はあやせに、桐乃との会話内容を話して聞かせた。


「——というわけなんだ」

「桐乃がそんなことを……」

あやせは、強く唇を噛む。彼女はしばらく考え込んでいたが、やがて顔を上げ、言った。

「分かりました。今日にでも連絡を取って、ちゃんと話をしてみます」

「ああ、頼む」

「ごめんなさい。そういうことなので、今日のデートは中止に……させてください」

「気に病むな。当然のことだ」

俺だって、こんな状態のまま遊びになんて行けないさ。

あやせは、俯いて、小さな声を漏らす。

「わたし……桐乃のこと、もっと、もっと、考えるべきでした。お兄さんと一緒にいるのが楽しくて……桐乃のこと、ないがしろにして」

ぽた、と、地面に水滴が落ちる。

雨なんか、降っちゃいないってのに。

「自分がされたとき、あんなに辛かったのに……桐乃に……同じ思いをさせてしまうなんて」

「ばかです、わたし」

声がかすれ、泣き声が混じる。

「あやせ……」

俺は彼女に駆け寄って、肩に触れ、気遣う台詞を――

「そ、その……『桐乃との時間を大切にしたいから別れる』とか言い出さないよね？　イヤだぞ、俺」

もとい自分勝手な本音を漏らす。我ながら超必死だったよ。

「ぷっ」

と、噴き出すような声が聞こえ、慌てて彼女の顔を見ると、笑顔が戻っている。

「あはは……お兄さんって、ホント情けないですよね？」

「……ぐっ」

恥ずかしいが、弁解できん。

「お兄さんのそういうところ、嫌いじゃありませんよ」

「……そりゃどーも」

「別れたりしません、絶対。——好きですから」

「そ、そうか」

——いかん、少し感動してしまった。

「お兄さん」

「ああ」

話の続きを聞く前に、頷いた。彼女がこの後なにを言い出すのか、分かっていたからだ。

「桐乃に、わたしたちのこと……打ち明けましょう。……明日……いいえ、今日にでも」

そうだよな。俺たちが抱えている問題の根源は、きっとここにある。

加奈子の台詞じゃねえが——俺たちは、ちゃんとしなくっちゃあならない。

俺は、桐乃の兄貴なんだから。

あやせは、桐乃の親友なんだから。

ただ、心配なこともある。

ちゃんとするよりも、俺にとっては大事なことだ。

「いいのか？」

俺は、念を押すように問うた。

俺たちの、桐乃に対する一時的な『秘密』。

それは、本来、来月になってから、夏休みが終わってから、明かそうと決めていたものだ。

だってのに、いま、明かしてしまっていいのか？

心の準備をしたいんじゃ、なかったのか？

秘密にしておかなきゃならない理由が、あったんじゃないのか――？

俺の問いに、

「はい」

あやせは、真剣な顔で頷いた。決意を秘めた眼差しが、俺を見つめている。

「結局、わたしの都合だったんです。絶対、桐乃に嫌われたくないって……失敗しちゃダメなんだって……時間を掛けて準備して……心の整理をして……新学期になったら、クラスのみんなにも協力してもらって……どうにか穏便に告白しようって……でも……それって、桐乃のことをぜんぜん考えてなかったんですよね。桐乃は聡いから、誰に口止めをしても、上手く隠しても、きっと……なんとなく……気付いちゃうって……分かってたんです」

「……あやせ」

「桐乃が傷ついて、悩んでいるのは、わたしのせいです」

ずいぶん、思い詰めてしまっているな。

あやせがこんな顔をするくらいなら、俺は、ちゃんとしなくったっていい。

さて、うまく話せるかどうか……優しく聞こえてくれれば、いいんだが。

「俺のせいだよ」

「いえ、ちが――」

「違わない。これは、俺とあやせの問題だ。俺たち二人の問題だ。だから、俺たちが付き合ったことで、誰かを傷つけちまったってんなら、当然二人のせいだろうよ」

「でも……」

かぶりを振るあやせに、俺は思考を巡らせて、

「よし、決めた！」

俺は、こう提案した。

「なあ、もうしばらく、秘密にしとこうぜ」

「えっ？」

「頼むよあやせ。俺たちが付き合ってること、桐乃には秘密にしておきたいんだ」

「ど、どうしたんですか……突然」

「いや、だってさ！」

軽薄に聞こえるよう、つとめてチャラい声を出す。

「桐乃のやつはさァ〜加奈子が俺と付き合うっつっただけで、怒り狂ってたんだぜ？　自分の友達がクソ兄貴と付き合うなんてありえねえってブチキレてたんだぜ？　ちっ、そんなメンドくせー妹がよ〜、『俺とあやせが付き合ってる』なんて聞いたら、どうなることか」

おー怖、と、震えてみせる。

「な？　俺を助けると思ってさ。この問題は棚上げにして、どっか遊び行こうぜ？」

「………………………」

俺の提案を聞いたあやせは、まず驚き……続いて、強い怒りで俺を睨み……

それから、

「はぁ」

吐息と共に、がっくりと肩を落とす。

「あの、さすがに、わざとらしすぎると思います」

「……………やっぱダメ？」

「ぜんぜんダメです。お兄さん、俳優にはなれませんね」

「そりゃそーだ」

くく、と含み笑う。するとあやせも、弱々しいながらも笑い声を聞かせてくれる。

「――打ち明けましょう」

「本当に、いいんだな？」

最後の念押しをしていたときだ。

これから公園を出て、家に向かって、桐乃に会いに行こう――

そんな展開になるだろう、直前だった。

「――迷うことないってば。もう知ってるし」

親しげな声がした。

俺たちは、聞き覚えのありすぎるその声に振り向いて、そいつの名を呼んだ。

「――桐乃」

そう。俺の妹で、あやせの親友。

高坂桐乃が、腕を組んで立っていた。

「おはよ、あやせ。――なんでそんなに、驚いた顔してんの？」

「ど――どうして……ここに？　……それに、もう知ってるって……」

あやせは怯えた様子で、親友の顔を見る。

桐乃は、あくまで軽く、世間話のようなノリで言う。

「夏コミでデートしてたらしいじゃん？　二人でさ」

「なッ、なんでそんなことまでおまえが――」

「――知ってるかって？　あんたらと違って優しくて頼りになる『親友』に相談したら、ぜーんぶ教えてくれたの」

「親友……？」

あやせがその言葉に強く反応する。

俺も、思考を巡らせた。

桐乃の親友。あやせではない。おそらく加奈子でもない。

俺とあやせの関係を知っていて――もしくは察していて――

優しく頼りになる『親友』。

「!?　まさか――」

そいつの名と姿を、脳裏に思い浮かべたときだ。

桐乃が、携帯を耳に当てた。どうやら誰かと繋がっているらしく、会話を始める。

「あたしだけど――うん、うん、そう、ちょうどいま現場押さえたトコ、さんきゅー。――え？　なに？　話したいって？　分かった、いま代わる――」

桐乃は、繋がったままの携帯を俺に差し出して、

「はい、あんたに電話」

「俺に……？　はい、代わりました」

『――お久しぶりね』

「黒……猫……」

『桐乃の親友』は、やはり俺が想像したとおりの相手だった。

黒猫――五更瑠璃。

黒いゴスロリに身を包んだ、桐乃のオタク友達。

そして、俺の後輩。

黒猫と夏コミで会ったとき、様子がおかしかったようだが……

「おまえか、桐乃に全部バラしたのは」

『……違うわ。……っふ……言ったでしょう?』

冷たい声が、携帯の向こうで見得を切った。

『いまの私は――復讐の天使〝闇猫〟よ』


こいつ、いまだにダークサイドに墜ちたままかよ!

クソッなにが復讐の天使だ……!!　タチ悪ィ～～～～～～～～～～～ッ!

「おまえのせいで、こっちは修羅場だぞ!」

『おめでとう』

「どうしてくれるんだよ!」

『なんとかなさい』

「おまえな!」

からかうような言い方に声を荒げると、彼女の声色ががらりと変わった。

『……これも、以前言わなかったかしら?』

切なく、儚げな声で、

『私はあなたのことが好きよ』

携帯を取り落としそうなくらい、動揺した。

心臓を掌握されたような、強い痛み。

『あなたの妹と同じくらい、あなたのことが好きよ』

彼女は言う。

『だから其処にいるあなたの妹は、もう一人の私』

彼女は訴える。

『納得させてみなさい。できるものなら』

それはどこか、俺の背を押すかのようで。

苦痛と勇気が湧いてくる。

──ぶつ、と、通話が切れた。

俺は携帯を耳から離し、見つめる。

だが、俺の妹は、名残惜しさを許してはくれない。

「終わった？　じゃ、返して」

「…………………………」

俺から携帯を受け取ると、桐乃はそれを丁寧にしまって、仕切り直すように笑った。

「……さて。今度はあたしと、話しよっか」

「……桐乃」

いつもと変わらぬ笑みで俺たちを見る桐乃を、あやせは不安そうに見つめている――。


既視感があった。


俺は、この状況を、何度も体験したことがある――ような、気がする。

――いや、いや。そんなわけがない。もちろん、ただの気のせいだ。そうに決まってる。

俺は左目を押さえ、あやせを見た。次いで、そのまま桐乃を見た。

あの時と、似ている。

俺と、あやせと、桐乃とで、大声で怒鳴りあって嘘を吐いた――あの時と。

場所も、面子も、まったく同じ。

立ち位置だけが違っていた。あの時、桐乃と並んであやせと対峙していた俺は、いま、あやせと共に桐乃と向き合っている。

これが既視感の正体か、と、ひとりで納得した。そう、現実的な結論を出した。

最後の会話が始まろうとしている。

今後の人生を左右する、俺の生死を左右する、重大な分岐点が迫っている。

……心の準備は万全か？

……ったく、これがゲームだったらな。

――現実に『保存』がありゃあ、ここで使うんだが。

左手を、目から胸へ。自問自答を終えた俺は、自分自身に対し、改めて誓う。

――任せろ！　やってやるぜ！

――桐乃に、俺とあやせとの仲を、認めさせてやる！

「とりあえず最初に確認しておくケド」

桐乃は、見下すように胸を張って、問う。

「あんたたち、マジで付き合ってるわけ？」

「ああ、そうだよ。付き合ってる」

「…………ほんとに？　ほんとに付き合ってんの？　実は嘘なんじゃないの？　だって、あんたとあやせが……なんて、ありえないし……あたしをビックリさせるための、嘘なんでしょ？そうだよね？」

嘘だと言って欲しい。強く脆い意思が、俺たちを貫いていく。

俺は、妹の、声にならない懇願に――――

①『嘘じゃない』と言った。

②なにも言えなかった。

「嘘じゃない。俺とあやせは、付き合ってる」

「……うっそだぁ」

桐乃は、ひどく乾いた声で笑った。

「悪かったよ、黙ってて」

「……っ……あやせ……ほんとなの？」

すがるように、あやせに問う。

「……うん」

望んだ答えは返ってこない。

「わたし……お兄さんと、付き合ってるの」

桐乃は、低い声でうなった。

「……やっぱり……本当なんだ」

「ああ。今日にでも、話しに行くつもりだったんだ」

おまえも聞いていただろう？　その話をしていたら、おまえが来たんだよ。

桐乃は己を鼓舞するように、両手で自分の頬を叩く。

再び厳しい目で俺を睨んだ。

「で？　……いつから？　いつから、付き合ってんの？」

「一緒に夏コミに行った帰りに……あやせに告白されて……それからだ」

「…………………」

桐乃は、目を細め、唇を噛んだ。しばらくなにも言わず、黙っていた。

何度か口を開き、なにかを言おうとして、やめる。

そんなことを数度繰り返し、ようやく言葉を発する。

「……そもそも、なんで二人で夏コミなんて行ったわけ？」

「あやせが、おまえの趣味を少しでも理解できるようになりたいって悩んでたから、連れて行ったんだよ」

「……納得できない」

「なにが」

「夏コミでコクられたってことは……その前から好きだったたってことでしょ？　なんでそうなんの？」

桐乃の追及が、強い視線と共に、あやせへと向いた。

「あやせって……こいつのこと、嫌いだったはずじゃん。シスコンのド変態だーって、いつも言ってたじゃん」

苛立ちが言葉の端々から漏れ出ていた――溢れ出ていた。

「なのになんで……いきなり付き合ってるとか、そういう話になるわけ？　おかしいでしょ……あやせ……ずっとあたしに、ウソ吐いてたってこと？」

「違う！」

あやせが反射的に叫び、途中から、消え入るような声になっていく。

「そんなわけないよ……桐乃」

「あやせを責めるな。なに怒ってんだおまえは」

見かねた俺が口を挟むと、

「はあ⁉」

炎を吐くような怒声。

…………………………………。

……なにかがおかしい。話がどこかズレているような気がする。

桐乃——こいつは、あやせを俺に取られるのが悔しくて、嫉妬しているわけだろ？　だよな？　だというのに、桐乃があやせを重点的に責めているのは……偶然か？

桐乃は、興奮のあまりか、息を切らしている。肩を上下させて、呼気を整えながら、途切れ途切れに、刺々しい言葉を口にする。

「……地味子はこのこと知ってんの？　あんたが、あやせと付き合ってるって……」

「地味子って言うな」

「——まなちゃんはこのこと知ってるのかっつってんの！」

「……おまえ」

『まなちゃん』というのは、麻奈実のことだ。

田村麻奈美……俺の幼馴染み。

桐乃の幼馴染み、い、い。

『まなちゃん』――桐乃がまだ小さかったころ、兄と同い年のお姉さんを、そう呼んでいた
……気がする。

こいつ……覚えてたのか？

それとも……咄嗟に昔の呼び方が、出てきただけか？

「俺とあやせが付き合ってること、麻奈実は知ってるよ」

「……マジで？」

「ああ。そんでもって、応援してくれてる」

「嘘！　そんなわけない！」

「嘘じゃねえって。つうかなんでここで麻奈実の話が出てくるんだ？　関係ないだろ？」

「あるよッ！」

悲鳴のように否定する。

それは絶対に違う、と、確信を持って断言する。

「関係あるに決まってんじゃん！　だって……だって……」

「桐乃……これ」

あやせが、桐乃に、携帯を差し出した。

「——え？」

「お姉さん……麻奈実さんと、電話、繋がってるから」

俺は、桐乃と同時に目を見開く。

——……いつの間に……桐乃との会話に集中していて、気付かなかった。

「なんであやせが……」

桐乃も、俺以上に驚いている。震える指で携帯を受けとり、己の耳に当てた。

「はい、代わりました」

……………………。

妹は、しばし黙って相手の話を聞いているようだったが、

「……はあ？」

その反応は、怒りよりも、困惑が強い。

「ちょ、なんでそうなんの？　嘘でしょ？」

麻奈実と桐乃……どんな話をしてるんだ？

想像もつかない……。

「……………………」

桐乃の顔が、怒りに染まっていく。

「…………どこまでお人好しなわけ……？　信じらんない……」

苛立ちと失望と困惑と――百面相のように移り変わり、

「…………ッ～～～～～」

声にならない悲鳴を漏らす。

泣きそうな顔で、

「じゃあ勝手にしろばか！　いつもいつも、邪魔ばっかして……ッ！　――あんたなんか、大ッ嫌い！」

「痛ッ⁉」

桐乃のやつ、携帯を俺の顔面にぶつけてきやがった！

俺は、それを拾い上げ、耳に当てる。

「って～……麻奈実か？」

『うん……』

間違いない。俺のよく知る、幼馴染みの声だった。

こんなときだってのに、たまらなく安心する。

実家の布団でまどろむような安らぎの中、俺は問うた。

「……桐乃と、どんな話……したんだ？」

『……秘密』

絶対に教えない、という強い拒絶を感じた。

『ねぇ、きょうちゃん』

「ん？」

『わたしは、いつだって、きょうちゃんの味方だよ』

『だから、がんばって』


それだけ言って、幼馴染みの声は聞こえなくなった。

携帯を切り、折り畳む。

目をつむり、想う。

……麻奈実。

…………………もしも。


……もしもこれが、逆の立場だったら。

俺は麻奈実に、同じ台詞を言ってやれただろうか？

「がんばるに……決まってんだろ」

携帯を、強く握りしめる。

再び目を開けると、桐乃とあやせが至近距離で対峙していた。

「桐乃──わたしの話を聞いて」

「うっさい、話しかけんな」

あの時と同じくらい……いや、あの時以上に険悪な、一触即発の空気。

それが、いま──

「あたしは絶対、認めないから！」

弾けた。

「あんたたちが付き合うなんて、そんなの絶対ダメ！」

「理由は？」

「はあ⁉」

「認められない理由を言えって言ってるの！」

「そんなの、なんだっていいでしょ！」

「よくない！」

ついさっきまで弱々しい態度を見せていたあやせが、激しく声を荒げ、桐乃に食い下がる。

その威勢に、桐乃は一瞬たじろぎ、それでも負けじと言い返す。

「……あんたが変な男とくっついたらイヤだから、反対してあげてるんでしょ」

「嘘吐かないで！　なんでこんなときまで嘘を吐くの⁉」

「なにが嘘だって⁉」

「桐乃は！」

あやせはそこで、一旦言葉を切った。

すぅ、と、大きく息を吸って、ずっとずっと……長い間溜め込んできたすべてを解放するかのように——

「桐乃は！　お兄さんをわたしに取られるのがイヤなだけでしょ！」

「違う！　ばかなこと言うな！」

反応は劇的だった。

「違う！　違う違う違う違うッ！　そんなわけない！　あたし……あたしは——」

桐乃は、もはや涙さえ浮かべて、否定を繰り返す。

「——兄貴なんて大ッ嫌い！　大ッ嫌い！　大大大大大大ッ〜〜嫌い！」

ぐうぅぅ〜〜〜〜！　と、大泣きしながら、

「だけどあたしの兄貴なの！」

魂の奥底から、その想いを引っ張り出した。

「せっかく、せっかく……また話せるようになった兄貴なの！」

その想いを、初めて真っ直ぐ叫んだ。

「もう二度と……絶対誰にも渡さないッ！　それがあたしの気持ち！　なんか文句あるッ⁉」

「き、桐乃……」

俺は、呆然と、その叫びを聞いていた。全身全霊の想いをぶつけられていた。

「はあ、はあ、はあ……チッ」

俺の妹が、息も絶え絶えになって、みっともなく涙を流して、俺を見上げる。

「……なに？　言いたいことあんなら言えば？」

いくつもの思い出が脳裏をよぎった。

ひとつ屋根の下で暮らしているのに、お互いに嫌い合い、目を合わせることも、口を聞くこともしなかったあの頃。

妹の秘密を知って、とんでもない人生相談を受けて、笑顔のあいつに振り回され続けた日々。

色んなことがあったよな。何度も赤っ恥をかいて、何度も何度も泣いて笑って。

高坂京介は、久々に、全力を尽くしてきた。

平穏を愛しているってのに、ずっと騒々しい毎日だったぜ。

そう、これは人生相談から始まった、クソ生意気な妹と、ごく平凡な兄貴の話。

いまの俺をくれた妹に、言いたいことがあるかって？

そんなの——

①　俺の妹がこんなに可愛いわけがない。

②　~~あやせと別れる。~~

「……おまえに彼氏ができたら、きっと俺も、似たようなこと言うだろうなって……思った」

「え……？」

「この際だから、正直に言わせてもらう。俺だって、おまえのことなんか大嫌いだよ。ずっとずっと大嫌いだった」

「……っ。――あっそ！」

「けど……おまえは俺の妹だ。せっかくまた話せるようになった、妹なんだ。――そんなおまえを、他の男に取られるなんて死んでも嫌だ。考えただけでブチ殺したくなる」

あんなに全力の本音をぶつけられたんだ。

なら、こっちだって――本音で返さなくっちゃあな！

「……よく聞けよ……桐乃」

「俺はおまえが好きだぁぁぁぁあっ！」

俺の突然の絶叫に、

「……は」

「……へ」

桐乃とあやせは揃って目を見開き、

「「ええ――――ッ⁉」」

仲良く声を張り上げた。

「ちょ、ちょちょちょ！」

桐乃が、耳先まで真っ赤になってツッコんでくる。

「あんた……さっきと言ってること違うじゃん！」

「うるせえ！　大嫌いだけど大好きなんだよ！　自分でもよく分かんねえよ！　悪かったな！」

俺は、逆切れぎみに叫ぶ。

照れ臭いとか、もーしらん！　全部言っちまえ！

「ずっと口も利かずに過ごしてきたおまえと、こうやって話せるようになって――本当は、嬉しくて嬉しくてたまらなかった！　妹に相談されて、頼られて……嬉しかった！　いなくなっちまったときは寂しかったよ！　毎日毎日寂しくて、死ぬかと思った！」

「……うあ」

桐乃は、俺の赤裸々な告白をどう受け止めたのか、唇を波打たせて震えている。

どう思われようと構うか！　こっちはもうやけくそなんだよ！

「俺はおまえのことが好きだ！　おまえがそばにいてくれないと生きていけないくらい好きだ！　おまえを他の男になんか、間違ってもやりたくねえ！　それくらいなら俺が結婚してやんよ！」

「……あ……う……ふぁぁ…………」

「だけどなあ──」

「おまえと同じくらい、あやせのことが好きなんだ！」

「！」

「好きで好きでたまらねえんだよ！　愛しているんだよ！」

そうして俺は、結論を言う。

「だから別れねえ。おまえがなんと言おうともだ」

「……あんた……あんた……自分がめちゃくちゃなこと言ってるって……分かってる？」

「ああ。──それが俺の気持ちだ。ぐちゃぐちゃでデタラメな、正直な気持ちだ」

全部出し切った！　もう空っぽだ！　一生分の羞恥心を、使い切ったぜ！

こんなにこっ恥ずかしい思いをすんのは、もう絶対にないだろう！

桐乃はうつむき、目をつむって、言葉を噛みしめるようにしていた。

それから顔を上げ、

「……あっそ」

さじを投げるように、笑った。

「勝手にすればっ！」

さっきまでの空々しいものとは違う、堂々とした笑み。

「そこまで言われたら……あたしが言うことなんて、なにもない」

「桐乃……」

あやせが言葉を掛けようとするが、先んじて桐乃が言う。

「あやせも——こいつのこと、好きなんでしょ？」

「うん、大好き」

あやせは、すぐにそう応えた。

「桐乃と同じくらい、大好き」

きっとそれは——

あやせにとって、最高の愛の言葉だった。

「……いや、それはちょっと……困るケド」

ちゃんと伝わってしまったがゆえに、桐乃はやや引いていたが。

「とにかく——分かった。もう、邪魔はしない。二人が付き合っても、あたしはあんたの妹だし、あたしはあやせの親友だから」

「……桐乃、ありがとう」

「一つだけ確認させて」

桐乃は、俺に問うた。

大切な質問。

「あんたさ。もしもあたしが妹じゃなかったら――」

――どうしてた？

「どうも。いまと同じだ」

「そか……うん、ならいい」

妹が浮かべた笑顔は、何かを吹っ切ったかのように、爽やかなものだった。

ayase if

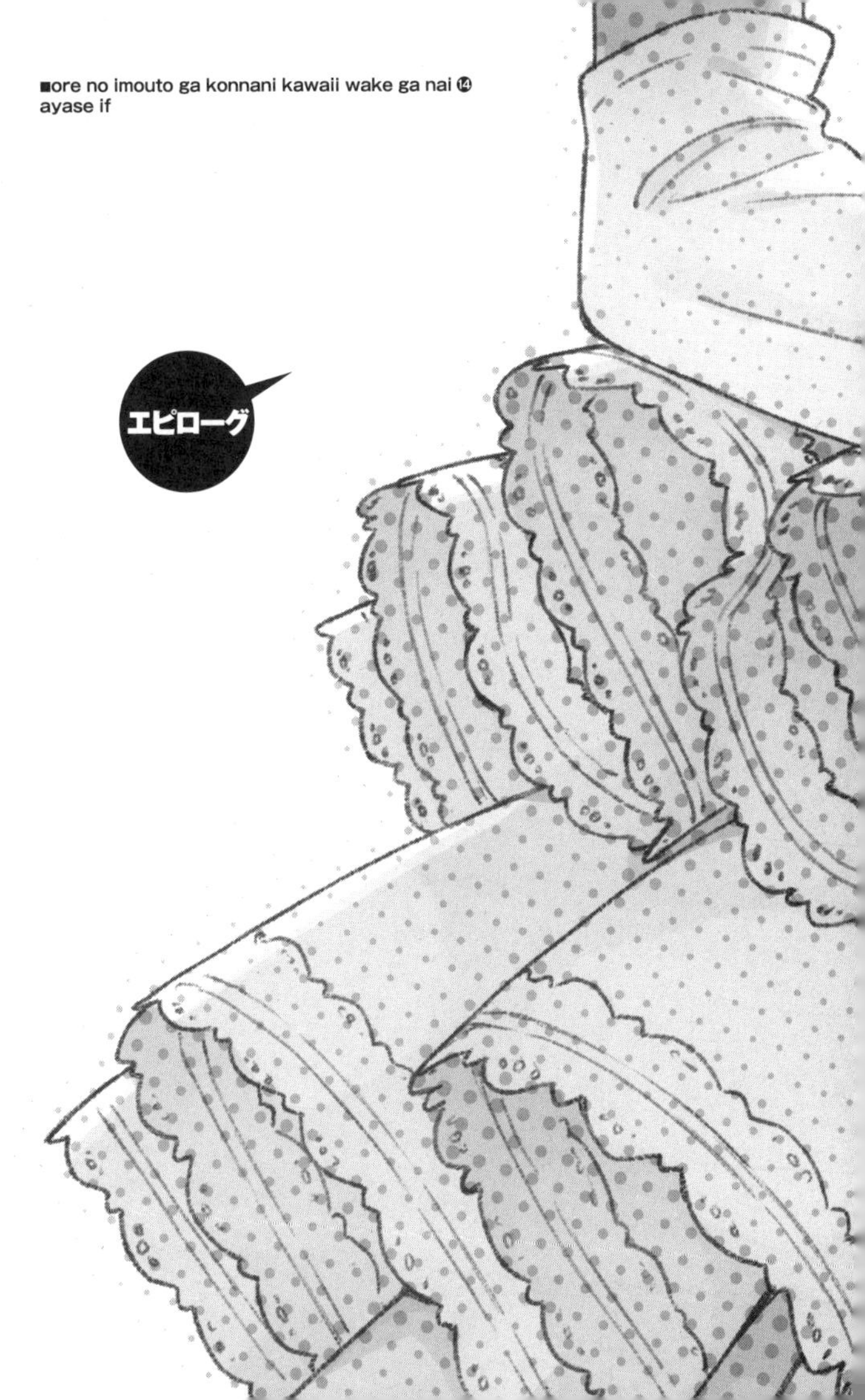

エピローグ

――そうして。

色々な人に祝福されて、わたしたちは結ばれた。

幸せな歳月はあっという間に過ぎていき、繰り返される日常も、その形を少しずつ変えていく。

「……なあ、そろそろだよな？」

「……ええ、そろそろですよ。お兄さん」

「……お。なんだおまえ、えらく懐かしい呼び方だな」

「……思い出していたんです。あなたと、出会ったばかりの頃を」

「……げっ……」

どんな光景を回想しているのか、主人は顔色を青くする。

その表情は、何年経っても子供のようで――

わたしはつい、くすくすと笑いをこぼしてしまう。

「ふふ、なにを想像したんです？」

「おまえが鬼のような形相で俺にハイキックをぶちかますシーンだよ」

「あら、久しぶりに蹴られたいようですね？」

「やめとけ。身体にさわるぞ」

……本当にこの人は、変わっていない。

スケベで、馬鹿で、変態で、シスコンで――

――そして、とても優しい。

大好きな人。

「――まさかおまえと俺が、結婚するなんてな。初めて会ったときは、思いもしなかった」

「……はい、わたしもです」

夫がわたしにプロポーズをしてくれたのは、彼が地元の会社に就職してから、ほどなくのことだった。

わたしの両親の前で、いつか桐乃に向かってそうしたように、わたしを愛していると叫んでくれた。

そして――


「ただいまー」


「うおっ！　桐乃おま……いきなり入ってきやがって。挨拶は玄関でしろ玄関で」

「きゃはは、びっくりするかなーって」

「何歳だおまえは。子供かよ」

「ごめんごめん。あ、これお土産ね」

「桐乃！　久しぶり……！」

「あやせ！　久しぶり！　元気だった？」

「うん！　うん……！　桐乃も、変わりないようでよかった……！」

「あったり前じゃん。あたしを誰だと思ってんの？」

そうして親友は、わたしの大好きな、あの時のままの笑顔で笑う。

成長した桐乃の美貌は、まさに輝かんばかりで、わたしは一瞬、気を失いそうになってしまった。

そんな彼女はいまや、海外でプロのモデルとして活躍している。

今日は、数年ぶりの帰国というわけだ。

「それにしても……お腹、大きくなったよね。予定日、もうすぐだっけ？」

「……うん、女の子だって」

「へえ！　女の子！　そっか。なら、しばらくはあたし、日本にいるよ」

「え、いいの？」

「もっちろん。――姪っ子の顔、あやせの次に見たいしね」

「馬鹿いえ。――二番目に見るのは俺だ」

「はあ？　あたしが先に見るゥ～」

「……相変わらずわがままな女だぜ」

「なんか言った？」

「別に？　もうすぐおまえも、叔母さんだなってさ」

「ちょ!?　……あ、あああ、あんた……女の子に言ってはならないことを……!?」

「もう、二人とも……久しぶりに会ったのに、いきなり喧嘩しちゃダメでしょ？」

咎めるわたしだったが。

変わらない二人のやり取りが、微笑ましかった。

「ねぇ、あんたこそ……赤ちゃんが生まれたら、お父さんになるんだよ？」

「……おう、そうだな」

「で……あやせが、お母さん」

「……うん」

「お父さんがお爺ちゃんで……お母さんがお婆ちゃん。……でもってあたしが……叔母さんか……はぁ……歳月って……怖い」

がっくりと肩を落とし、引きつった笑みを浮かべる桐乃。

その頭に、彼が手を乗せて、苦笑している。

かつてのわたしなら嫉妬していただろう光景も。

いまのわたしには、幸せの象徴であるかのように思える。

わたしは仲睦まじい兄妹を見詰め、膨らんだお腹をさすりながら……

静かに祈(いの)った。

こんな穏(おだ)やかな日常が、いつまでも続きますように。

月日はさらに流れ…………

――その日、俺は人生最大級の窮地に立たされていた。

「…………駄目だ……俺はもう駄目だ……」

「もぉ……いい加減覚悟を決めてください」

玄関前の廊下でうなだれる俺の背を、あやせが優しく撫でてくれる。

それでも、俺の心は重いままだ。

「そんなこと言ったってよ……」

と、情けない声を漏らす。

「緊張しちまって」

「いままでに、もっと緊張する場面だってたくさんあったでしょう？　たとえば、お仕事とかで」

「そりゃそうだけどよ。なんつーの？　緊張の種類が違うんだよ」

言い訳に聞こえるかもしれんが、内心必死だ。

「俺、仕事が忙しくって……いままでずっと行けなかったし…………ここまで緊張するのは……ちとせが生まれたとき以来だぜ」

「……なにを大げさな」

呆れた顔は、出逢ったあの頃よりも、ずっとずっと美しい。

「ちなみにその前は、おまえの両親に挨拶しに行ったときな」

——あんときは死ぬかと思った、と、トラウマを漏らす。

当時を思い出したのか、あやせも苦笑で俺に応えた。

「はいはい。そうでしたね」

そこに——


「——ちょっと、あんたまだグダグダやってるわけ？」


桐乃が乱入してきた。

玄関で仁王立ちした桐乃は、廊下で止まっている俺に向けて、

「さっさとしないと置いてくよ！　間に合わなかったらどーすんの⁉」

「なんでおまえが一番張り切ってんだよ。そんなごっついビデオカメラ、どっから持ってきやがった」

「この日のために買い直したに決まってんでしょ！　ちーちゃんの晴れ舞台を撮るために！」

「うわ……桐乃……今年のはおっきいビデオカメラだね？　幾らしたの？」

「二百五十万」

バカだ……バカがここにいる……。

「あは……あはは……桐乃らしいね」

「……やれやれ」

俺は、ゆっくりと立ち上がった。

「覚悟決めて行くか。――遅れたら、二百五十万払えって言われそうだ」

そう。

今日は、とても特別な日。

――俺たちの娘の、授業参観日だった。

そして。

娘が通う小学校の教室へとやってきた俺たちは、いま、他の保護者たちと同様、教室の後方に並んでいる。それぞれ自慢の子供たちを、見守っているのだ。

教壇には、担任の五更珠希先生。

麗らかな春の陽光が、子供たちを照らしている。

小さな生徒たちは皆、授業参観に、緊張の面持ち。

授業は作文──家族について書きましょう。

五更先生による授業は、しかし、つつがなく進んでいるとは言えなかった。

原因は──


「……はぁ……はぁ」


とあるビデオカメラを構えたバカのせいだ。

そいつは、被写体を側面から捉えられるポジションに陣取って、

「いいよー。ちーちゃんいいよー。──キタ！　ちーちゃんの番キタ！　うひょ〜、マジ天使きたよー♪　──あ、すいません。その場所いいですか〜？　ウチの子の横顔撮りたいんで」

「ちょっと！　やめてくださいっ！　みんなのめーわくですよ！」


「──あう」

あのバカ、姪っ子に怒られてやがる。

桐乃の姪っ子。

俺とあやせの娘──高坂ちとせ。

あやせをそのまま小さくしたような――俺たちの天使が叱る姿は、母親そっくりだ。桐乃はいまにも泣きそうになっている。

「ご、ごめんね、ちーちゃん」

「ど、どっかいってください。ふんっ」

「……ぅぅ」

あ、泣いた。

「……なぁ、あやせ。なんで桐乃って、ちとせに嫌われてんの？」

「桐乃って、仕事で数年、日本を離れていた時期があったでしょう？」

「ああ」

「その間に、ちとせったら、桐乃のことすっかり忘れちゃってたみたいで……」

「……哀れなやつだ。あんなに溺愛してんのに」

「ええ――それであの子ったら、帰ってきた桐乃のこと、あなたの浮気相手だと勘違いしてるみたいなんです」

「……なんだそりゃ」

「嫉妬してるんですよ、桐乃に――」

あやせは、笑って娘の声真似をする。

――『――おとーさんとケッコンするのはわたしですよっ』

「……ですって」

「……ははは」

苦笑する。ちっとばかり、声がうわずっていたかもしれない。

「なんでそんな勘違いしたもんかね」

「あら、あなたがシスコンだからでしょう？」

「……うっ」

「――まぁ、一番愛されてるのは、わたしですけど」

耳を寄せて、そんなことを囁くあやせ。

……照れくさくて死んでしまいそうだ。

この胸の高鳴りは、付き合い始めた頃となに一つ変わらない。

「そうだな」

――あれから幾度も季節が巡って。

いまも俺は、あやせのことをこんなにも好きでいる。

愛する妻と、可愛い娘と——おまけに美人の妹までそばにいて。
日々の激務も、積み重なる疲れも、この光景を見れば吹き飛ぶってもんだ。
さてさて。
俺たちの娘は、果たしてどんな大人に成長し、どんな人生を歩んでいくのやら。
願わくは、彼女に幸福な未来を。
平穏な日常を。
そして——
俺たちに負けない、奇跡のような出逢いがありますように。

ifシリーズ続刊刊行決定！
「ちょ、気付いてたなら最初に言えよっ！」
「全部ウソだったのかよ!!」
第三弾加奈子if
刊行予定
「……京介のこと、好きなんだよ」
詳細情報は、近日発表予定！
電撃文庫公式サイト (dengekibunko.jp)
もしくは俺妹＆エロマンガ先生公式 Twitter
(@oreimo_eromanga) をチェック！

あとがき

伏見つかさです。『俺の妹がこんなに可愛いわけがない』あやせifを手に取っていただきまして、ありがとうございました。

あやせifは、PSPゲーム『俺の妹がこんなに可愛いわけがない　ポータブル』で、私が書き下ろした『あやせルート』のノベライズです。

上巻は、ドラマCDの内容と『あやせと付き合うまで』の話。下巻は、ゲームのクライマックス部分に、『あやせと付き合ってからの話』を加筆しました。『俺の妹がこんなに可愛いわけがない　ポータブルが続くわけがない』の内容も、一部含まれております。

作者として、細かい解説など、何時間もお話ししたいくらいなのですが、きりがないので一言だけ。

あやせifを、小説という形で皆さんにお届けすることができて、とても嬉しく思っております。心残りをひとつ減らすことができました。

そして、大切なお知らせです。

少年エースで、渡会けいじ先生による、あやせifのコミカライズが始まります。

私も、原作者として、一読者として、とても楽しみです。

嬉しいお知らせが、もうひとつございます。

『あやせif』に続きまして、電撃文庫より『黒猫if』『加奈子if』の刊行が決定しました。

このあとがきを書いているのは二〇二〇年の三月なのですが、『黒猫if』の上巻が、もうすぐ書き上がりそうです。

うまくいけば、発売日が、このあとがきの前に、書かれていることでしょう。

きっと、『あやせif』に負けないくらい面白い作品をお届けしますので、ご期待ください。

今後も、一冊、一冊、大切に、新刊を出していきますので、よろしくお願い致します。

二〇二〇年三月　伏見つかさ

かんざきひろ

電撃文庫

エロマンガ先生

eromanga sensei

えろまんが せんせい

①～⑫巻
大好評発売中!

著／伏見つかさ
イラスト／かんざきひろ

電撃コミックスNEXT

コミック版
エロマンガ先生
①～⑩巻発売中

作画／rin
原作／伏見つかさ
キャラクターデザイン／かんざきひろ

「電撃大王」(毎月27日発売)にて連載中

山田エルフが主人公のスピンオフ
エロマンガ先生
山田エルフ大先生の恋する純真ごはん
全③巻発売中

作画／優木すず
原作／伏見つかさ
キャラクターデザイン／かんざきひろ

伏見つかさ

ore no imouto ga konnani kawaii wake ga nai

俺の妹がこんなに可愛いわけがない

①〜⑭巻
大好評発売中！

著／伏見つかさ
イラスト／かんざきひろ

あやせifコミカライズ決定！
作画は渡会けいじが担当します！

「少年エースplus」公式サイトをチェック⬇
(https://comic-walker.com/shonenaceplus/)

電撃コミックス
コミック版
俺の妹がこんなに
可愛いわけがない
全4巻発売中
作画／いけださくら
原作／伏見つかさ
キャラクターデザイン／かんざきひろ

電撃コミックス
黒猫が主人公のスピンオフ
俺の後輩がこんなに
可愛いわけがない
全6巻発売中
作画／いけださくら
原作／伏見つかさ
キャラクターデザイン／かんざきひろ

◉伏見つかさ著作リスト

「十三番目のアリス」（電撃文庫）
「十三番目のアリス②」（同）
「十三番目のアリス③」（同）
「十三番目のアリス④」（同）
「俺の妹がこんなに可愛いわけがない」（同）
「俺の妹がこんなに可愛いわけがない②」（同）
「俺の妹がこんなに可愛いわけがない③」（同）
「俺の妹がこんなに可愛いわけがない④」（同）
「俺の妹がこんなに可愛いわけがない⑤」（同）
「俺の妹がこんなに可愛いわけがない⑥」（同）
「俺の妹がこんなに可愛いわけがない⑦」（同）
「俺の妹がこんなに可愛いわけがない⑧」（同）
「俺の妹がこんなに可愛いわけがない⑨」（同）
「俺の妹がこんなに可愛いわけがない⑩」（同）

「俺の妹がこんなに可愛いわけがない⑪」（同）
「俺の妹がこんなに可愛いわけがない⑫」（同）
「俺の妹がこんなに可愛いわけがない⑬　あやせif　上」（同）
「俺の妹がこんなに可愛いわけがない⑭　あやせif　下」（同）
「ねこシス」（同）
「エロマンガ先生　妹と開かずの間」（同）
「エロマンガ先生②　妹と世界で一番面白い小説」（同）
「エロマンガ先生③　妹と妖精の島」（同）
「エロマンガ先生④　エロマンガ先生VSエロマンガ先生G」（同）
「エロマンガ先生⑤　和泉紗霧の初登校」（同）
「エロマンガ先生⑥　山田エルフちゃんと結婚すべき十の理由」（同）
「エロマンガ先生⑦　アニメで始まる同棲生活」（同）
「エロマンガ先生⑧　和泉マサムネの休日」（同）
「エロマンガ先生⑨　紗霧の新婚生活」（同）
「エロマンガ先生⑩　千寿ムラマサと恋の文化祭」（同）
「エロマンガ先生⑪　妹たちのパジャマパーティ」（同）
「エロマンガ先生⑫　山田エルフちゃん逆転勝利の巻」（同）
「名探偵失格な彼女」（VA文庫）

本書に対するご意見、ご感想をお寄せください。

ファンレターあて先
〒 102-8177　東京都千代田区富士見 2-13-3
電撃文庫編集部
「伏見つかさ先生」係
「かんざきひろ先生」係

本書はゲーム『俺の妹がこんなに可愛いわけがない ポータブル』のシナリオを加筆·修正したものです。

電撃文庫

俺の妹がこんなに可愛いわけがない⑭
あやせif 下

伏見つかさ

◇◇◇

2020年6月10日　初版発行

発行者　郡司 聡
発行　株式会社KADOKAWA
〒102-8177　東京都千代田区富士見2-13-3
0570-06-4008（ナビダイヤル）
装丁者　荻窪裕司（META＋MANIERA）
印刷　株式会社暁印刷
製本　株式会社暁印刷

ISBN978-4-04-912896-3　C0193　Printed in Japan

電撃文庫　https://dengekibunko.jp/

電撃文庫創刊に際して

文庫は、我が国にとどまらず、世界の書籍の流れのなかで〝小さな巨人〟としての地位を築いてきた。古今東西の名著を、廉価で手に入りやすい形で提供してきたからこそ、人は文庫を自分の師として、また青春の想い出として、語りついできたのである。

その源を、文化的にはドイツのレクラム文庫に求めるにせよ、規模の上でイギリスのペンギンブックスに求めるにせよ、いま文庫は知識人の層の多様化に従って、ますますその意義を大きくしていると言ってよい。

文庫出版の意味するものは、激動の現代のみならず将来にわたって、大きくなることはあっても、小さくなることはないだろう。

「電撃文庫」は、そのように多様化した対象に応え、歴史に耐えうる作品を収録するのはもちろん、新しい世紀を迎えるにあたって、既成の枠をこえる新鮮で強烈なアイ・オープナーたりたい。

その特異さ故に、この存在は、かつて文庫がはじめて出版世界に登場したときと、同じ戸惑いを読書人に与えるかもしれない。

しかし、〈Changing Times,Changing Publishing〉時代は変わって、出版も変わる。時を重ねるなかで、精神の糧として、心の一隅を占めるものとして、次なる文化の担い手の若者たちに確かな評価を得られると信じて、ここに「電撃文庫」を出版する。

1993年6月10日
角川歴彦